纳尼亚传奇

The Chronicles of NARNIA

I

魔法师的外甥

〔英〕C.S.刘易斯 著

马爱农 译

人民文学出版社
PEOPLE'S LITERATURE PUBLISHING HOUSE

图书在版编目（CIP）数据

纳尼亚传奇．1，魔法师的外甥／（英）C.S.刘易斯著；马爱农译．-- 北京：人民文学出版社，2023（2025.6重印）
ISBN 978-7-02-018280-0

Ⅰ．①纳… Ⅱ．①C… ②马… Ⅲ．①儿童小说－长篇小说－英国－现代 Ⅳ．① I561.84

中国国家版本馆 CIP 数据核字（2023）第 186150 号

责任编辑　翟　灿
装帧设计　刘　远
责任印制　王重艺

出版发行　人民文学出版社
社　　址　北京市朝内大街166号
邮政编码　100705

印　　刷　三河市鑫金马印装有限公司
经　　销　全国新华书店等

字　　数　693千字
开　　本　880毫米×1230毫米　1/32
印　　张　50.25　插页35
版　　次　2023年10月北京第1版
印　　次　2025年6月第2次印刷

书　　号　978-7-02-018280-0
定　　价　238.00元（全七册）

如有印装质量问题，请与本社图书销售中心调换。电话：010-65233595

The Chronicles of
NARNIA

主要角色表

迪戈里·柯克	本书男主角，一个颇有爱心的男孩，魔法师安德鲁·凯特利的外甥
波丽·普卢默	本书女主角，一个聪明伶俐的女孩，迪戈里的邻居和朋友
安德鲁·凯特利	迪戈里的舅舅，一个蹩脚的魔法师
梅布尔·凯特利	迪戈里的妈妈，长期生病卧床
蕾蒂·凯特利	迪戈里的姨妈，一直照顾迪戈里生病的妈妈
佳蒂丝	查恩王国最后的女王，一个邪恶的女巫
阿斯兰	一头伟大的狮子。森林之王，海外帝王之子，来去自由。他的使命是推翻

纳尼亚传奇

     女巫的统治，拯救纳尼亚王国。阿斯
     兰在七部书中均有出现
弗兰克   纳尼亚王国建立之初第一位国王
海伦   纳尼亚王国建立之初第一位王后

The Chronicles of
NARNIA

目 录

第 1 章　错误的门 ·········· 1
第 2 章　迪戈里和他的舅舅 ······ 17
第 3 章　世界之间的树林 ······· 32
第 4 章　钟和锤 ············ 46
第 5 章　灭绝咒 ············ 60
第 6 章　安德鲁舅舅的麻烦开始了 ··· 74
第 7 章　大门口发生的事 ······· 88
第 8 章　灯柱旁的打斗 ········ 102
第 9 章　纳尼亚的创立 ········ 115
第10章　第一个笑话及其他 ····· 130

纳尼亚传奇

第11章　迪戈里和安德鲁舅舅

　　　　都遇到了麻烦 ･･････ 143

第12章　"草莓"的冒险 ･･････ 157

第13章　不期而遇 ･･････ 172

第14章　种树 ･･････ 185

第15章　这个故事到此结束，

　　　　其他故事就此开始 ･････ 197

第 1 章　错误的门

　　这个故事发生在很久很久以前，那时候你爷爷还是个小小孩。这个故事非常非常重要，讲述了我们自己的世界和纳尼亚王国之间的那些事情都是怎么开始的。

　　那时候，夏洛克·福尔摩斯先生还住在贝克街[①]，巴斯塔布尔一家还在刘易舍姆大道上寻宝[②]。那时候，如果你是一个小男孩，你必须每天都戴着伊顿公学的硬领，当时的学校也多半比现在更糟糕。不过伙食比现在好，至于糖果嘛，我就不告诉你有多便宜、多好吃了，那只

[①] 福尔摩斯是英国作家柯南道尔创作的系列破案故事中的神奇侦探，当时住在伦敦贝克街。
[②] 英国女作家伊迪丝·内斯比特（1858—1924）的儿童小说《寻宝的孩子们》中的六个孩子姓巴斯塔布尔，家住伦敦刘易舍姆大道。

会让你馋得白白地流口水。那时候的伦敦住着一个女孩，名叫波丽·普卢默。

她住的是一栋联排房子，跟其他的房子连成长长的一排。一天早上，她正在后花园里呢，一个男孩从隔壁的花园爬上墙头，探出了脸。波丽惊讶极了，因为隔壁那户人家以前是没有小孩的，只有凯特利先生和凯特利小姐住在一起，他们是一对兄妹，一个老单身汉和一个老姑娘。于是波丽非常好奇地抬头打量着对方。这个陌生的男孩脸上很脏。就算他先用手在地上抹两把，然后大哭一场，再用手胡噜着把脸擦干，也不会比现在更脏了。事实上，他刚才差不多就做了这几件事。

"你好。"波丽说。

"你好。"男孩说，"你叫什么名字？"

"波丽。"波丽说，"你呢？"

"迪戈里。"男孩说。

"啊，这名字太好玩儿了！"波丽说。

"根本比不上'波丽'好玩儿。"迪戈里说。

"比得上。"波丽说。

"不，比不上。"迪戈里说。

"我至少把脸洗干净了，"波丽说，"你也需要洗洗脸，特别是在——"说到这里她停住了。她本来想说"在你哭过之后"，但觉得这样说不礼貌。

"我承认，我是哭过。"迪戈里把嗓音提得老高，就像一个心里特别难受的孩子，根本不在乎别人知道他哭过。"换了你也会哭的，"他继续说，"如果你本来一辈子都住在乡下，养着一匹小马，花园尽头有一条小河，却突然间被带到这样一个该死的破洞里生活。"

"伦敦才不是一个破洞呢。"波丽气愤地说。可是男孩太激动了，根本没有理会她，继续说道："如果你爸爸在遥远的印度——你不得不过来跟一个姨妈住在一起，还有个发了疯的舅舅（谁会愿意？）——原因是他们要照顾你妈妈——你妈妈病了，快要——快要——死了。"他的脸扭曲成古怪的形状，就像在拼命忍住眼泪一样。

"我不知道这些。对不起。"波丽好声好气地说。她不知道该说什么，为了把迪戈里的注意力转移到愉快的

3

纳尼亚传奇

话题上,她就问道:

"凯特利先生真的疯了吗?"

"唉,他要么是疯了,"迪戈里说,"要么就是有别的秘密。他在顶楼上有一间书房,蕾蒂姨妈说我绝对不能上去。哼,这一开始就很可疑。还有一件事呢。他每次在吃饭时想对我说点什么——他从来不跟姨妈说话——姨妈都会叫他闭嘴。姨妈说:'别让孩子跟着担心,安德鲁。'或者'我相信迪戈里不想听到这些。'或者'迪戈里,你不想去花园里玩玩吗?'"

"你舅舅想说些什么呢?"

"我不知道。他一次也没能说出来。还有呢,有一天晚上——实际上就是昨天晚上——我去睡觉,要从阁楼的楼梯下经过(我不太喜欢经过那里),我敢发誓听到了一声大喊。"

"他可能把一个疯老婆关在上面了。"

"对,我也是这么想的。"

"他可能是个造假币的。"

"他可能是个海盗,就像《金银岛》开头写到的那个

人，老是躲着他的那些老船友。"

"太刺激了！"波丽说，"我真没想到你们家的房子这么有意思。"

"你可能觉得有意思。"迪戈里说，"但如果你夜里必须在那里睡觉，就不会喜欢了。你愿意睁着眼睛躺在床上，听安德鲁舅舅的脚步声在走廊里悄悄走向你的房间吗？而且他的眼睛那么可怕。"

波丽和迪戈里就这样认识了。那时候暑假刚开始，他们俩都不能去海边，所以几乎每天都见面。

他们开始冒险，这主要是因为这个夏天是多年来最潮湿、最阴冷的一次。两人不得不待在室内做一些事情：可以称之为室内探索。在一座大房子里，或者在一联排的房子里，拿着一截蜡烛可以进行无穷无尽的探险，真是太奇妙了。波丽很久以前就发现了，如果打开她家阁楼储藏室的某一扇小门，会看见蓄水箱和它后面一个黑黢黢的地方，只要小心地往里爬一爬，就能钻进去。那个黑黢黢的地方像一条长长的隧道，一边是砖墙，另一边是倾斜的屋顶。房顶的石板间透进一小片一小片的光。隧

纳尼亚传奇

道没有铺地板,你只能从一根橼子跨到另一根橼子,橼子之间只有灰泥。如果不小心踩到灰泥上,就会穿过下面房间的天花板掉下去。波丽假装蓄水箱旁边的那一小段隧道是走私者的山洞。她拿上来一些旧包装箱的碎片、厨房破椅子的座位等等诸如此类的东西,铺在一根根橼子之间,拼凑成一小片地板。她把一个存钱箱放在这里,里面装着她的各种宝贝,还有她正在写的一篇故事,通常还有几个苹果。她经常会在这里安安静静地喝一瓶姜汁啤酒;有了那些旧瓶子,这里看上去更像一个走私者

6

的山洞了。

迪戈里很喜欢这个山洞（波丽不让他看那个故事），但他更感兴趣的是探险。

"嘿！"他说，"这条隧道有多长？我是说，它是到你们家房子边上就结束了吗？"

"不是。"波丽说道，"墙通不到房顶上，隧道会一直往前延伸。我不知道有多远。"

"那么我们可以顺着它走过整排房子。"

"是啊，"波丽说，"哦，哎呀！"

"怎么啦？"

"我们还可以进到别人家里去。"

"没错，然后被当成小偷抓起来！不了，谢谢。"

"别自作聪明了。我想的是你们家旁边的那座房子。"

"它怎么啦？"

"哎呀，它是一座空房子。我爸爸说，自从我们搬来之后，它就一直空着。"

"我觉得我们应该去看看。"迪戈里说。从他的口气里根本猜不出他有多么兴奋。他当然也像你一样，想到

纳尼亚传奇

了那座房子空了这么久的各种原因。波丽也想到了。他们谁也没有把"闹鬼"两个字说出来。两人都觉得一件事情一旦被提出来,如果不去做就显得太没出息了。

"我们现在就去试试好吗?"迪戈里说。

"好的。"波丽说。

"你要是不愿意,就别勉强。"迪戈里说。

"只要你愿意,我没问题。"波丽说。

"我们怎么能知道到了隔壁的房子里呢?"他们认为必须先回到储藏室去。他们走过整个储藏室,迈的步子跟从一根椽子跨到另一根椽子的距离一样大,这样就能知道一个房间的长度等于多少根椽子。然后留出四根椽子,作为波丽家两个阁楼之间的通道,再给女仆的卧室留出与储藏室相同的椽子,这样就知道了这座房子的整个长度。走出这个距离的两倍之后,就到了迪戈里家房子的尽头;再往前走,碰到的任何一扇门都能进入隔壁那座空房子的阁楼。

"但我认为房子里并不是空的。"迪戈里说。

"你觉得会有什么呢?"

"我认为有人偷偷地住在里面,只有夜里才提着一盏黑乎乎的灯进进出出。说不定我们会发现一伙亡命徒,得到一大笔奖金呢。如果没有什么神秘的东西,一座房子能空这么多年肯定是胡扯。"

"爸爸认为肯定是下水道有问题。"波丽说。

"喊!大人们总是想出一些很无聊的解释。"迪戈里说。现在他们是在明亮的阁楼间说话,而不是在走私者的山洞里就着蜡烛窃窃私语,空房子闹鬼的可能性似乎一下子小了许多。

测量完阁楼后,还要拿一支铅笔算一算。一开始两人得到的答案不一样,但就算两个答案一致了,我也不敢保证他们算的结果是正确的。他们迫不及待地想开始探险了。

"我们千万不能出声。"他们再一次爬进蓄水箱后面时,波丽说道。因为这是一次特别重要的探险,每人都拿了一支蜡烛(波丽在她的山洞里藏了很多蜡烛)。

光线很暗,到处灰扑扑的。阴风阵阵,他们一声不吭地从一根椽子跨到另一根椽子,只偶尔压低声音说一句"这会儿在你家阁楼对面了",或"现在肯定已经走到我们家房子的一半了"。两个人都没有被绊倒,蜡烛也没有熄灭,最后他们走到一个地方,能看见右边的砖墙上有一扇小门。门的这一边没有门闩,也没有把手,这是不用说的,因为这扇门是让人进来的而不是让人出去的。但是有一个钩子(就像橱柜门里面经常会有钩子一样),他们相信肯定能把它打开。

"可以吗?"迪戈里说。

"只要你愿意,我没问题。"波丽就像刚才那样说道。两人都觉得事情变得非常严重了,但是谁也不愿退缩。迪戈里用了点力气转动门把手。门一下子开了,光线突然大亮,他们忍不住眨巴着眼睛。接着两人非常惊愕地发现眼前看到的不是一间空荡荡的阁楼,而是一个摆着家具的房间。但里面似乎没有人。一片寂静。波丽的好奇心占了上风,她吹灭蜡烛,走进了这个陌生的房间,像老鼠一样没有发出一点声音。

房间的形状像一个阁楼,但被装修成了一间起居室。每一面墙上都排满了书架,每一个书架上都摆满了

书。壁炉里燃着火（你还记得吧，那年的夏天非常阴冷潮湿），壁炉前面放着一把背对他们的高背扶手椅。椅子和波丽之间有一张大桌子，占据了房间中央的大部分面积，桌上堆满了各种各样的东西——印刷的书，用来写字的本子，还有墨水瓶、钢笔、封蜡和一台显微镜。但是波丽第一眼注意到的是一个鲜红色的木托盘，上面放着许多戒指。都是成双成对的——一个黄的配一个绿的，然后隔开一点距离，又是一个黄的配一个绿的。它们跟普通的戒指差不多大，但是谁都会忍不住注意到它们，因为它们太亮了。你简直想象不出会有这么漂亮闪烁的小东西。如果波丽年纪再小一点，肯定想拿起一个放进嘴里。

　　房间里非常安静，你立刻就听到了钟的嘀嗒声。然而波丽这会儿才发现，这种安静也不是绝对的。有一种微弱的——非常、非常微弱的——嗡嗡声。如果那个年代就发明了吸尘器，波丽肯定会以为有一台吸尘器在很远的地方工作——隔着好几个房间，隔着好几层楼。但这声音比吸尘器的声音更好听，更悦耳，只是太微弱

纳尼亚传奇

了,几乎听不真切。

"没关系,这里没有人。"波丽扭头对迪戈里说。她现在说话声大了一点儿。迪戈里走出来,眨巴着眼睛,浑身上下脏得要命——其实波丽也是一样。

"这样不好。"他说,"这根本不是一座空房子。趁着现在没人,我们最好赶紧离开吧。"

"你认为这些是什么呢?"波丽说,指着那些彩色的戒指。

"哦,快走吧。"迪戈里说,"越早——"

他没有把话说完,因为就在这时发生了一件事。壁炉前的高背椅突然动了一下,从里面站出来的是安德鲁舅舅那令人恐怖的身影——就像从活板门里冒出来的哑剧恶魔一样。两个孩子根本不是在那座空房子里,而是在迪戈里的家里,在那间禁止入内的书房里!他们喃喃地说着"哦——哦——哦",意识到了自己的可怕错误,觉得早就应该知道刚才走得还不够远。

安德鲁舅舅又高又瘦。他有一张刮得干干净净的长脸,一个尖鼻子,一双特别明亮的眼睛,一头茂密蓬乱

的灰发。

迪戈里说不出话来，因为安德鲁舅舅的样子比平常还要可怕一千倍。波丽倒没有那么害怕，但她很快也被吓着了。安德鲁舅舅做的第一件事就是走到房门前，关上了门，把钥匙在锁眼里转了转。然后他转过身，用明亮的眼睛盯着两个孩子，微微一笑，露出了所有的牙齿。

"好了！"他说，"现在我那傻姐姐就抓不到你们了！"

这完全不是一个大人应该做的事。波丽的心跳到了嗓子眼儿，她和迪戈里开始朝刚才进来的那扇小门后退。安德鲁舅舅的反应比他们快得多。他立刻走到他们身后，把那扇门也关上了。然后他站在门前，搓着双手，把指关节捏得噼噼啪啪响。他的手指白皙、修长。

"我很高兴见到你们。"他说，"我正想要两个孩子呢。"

"求求你，凯特利先生。"波丽说，"吃饭的时间快到了，我得回家。请让我们出去好吗？"

"现在还不行。"安德鲁舅舅说，"这是一个不容错过的好机会。我正需要两个孩子。知道吗，我在做一个伟

纳尼亚传奇

大的实验。我在豚鼠身上试过,好像成功了。但豚鼠不能告诉你任何事情。而且你也没法向它解释怎么回来。"

"是这样的,安德鲁舅舅,"迪戈里说,"吃饭的时间真的到了,他们很快就会找我们的。你必须放我们出去。"

"必须?"安德鲁舅舅说。

迪戈里和波丽互相看了一眼,一句话也不敢说,但两人眼神的意思是:"这太可怕了是不是?"和"我们只能应付他一下。"

"如果你现在放我们去吃饭,"波丽说,"我们可以吃完饭再回来。"

"啊,我怎么知道你们会回来呢?"安德鲁舅舅狡猾地笑着说。然后他似乎改变了主意。

"好吧,好吧,"他说,"既然你们铁了心要走,看来是非走不可了。我不能指望你们两个年轻人觉得跟我这样的老头儿聊天有什么乐趣。"他叹了口气,继续说道,"你们不知道我有时候多么孤独。可是,算了。去吃饭吧。但是在你们离开前,我必须送你们一件礼物。我并不是每天都能在我肮脏的旧书房里看到一个小姑娘

14

的，特别是，请允许我这样说，像你这样一位非常漂亮的小姐。"

波丽不由得想，他可能并没有真的发疯。

"你不想要一枚戒指吗，亲爱的？"安德鲁舅舅对波丽说。

"你指的是那种黄戒指还是绿戒指？"波丽说，"真漂亮啊！"

"不是绿戒指。"安德鲁舅舅说，"恐怕我不能把绿戒指送人。但是黄戒指你随便挑，我很乐意把它送给你，带着我的爱。过来戴上试试吧。"

波丽已经完全从惊吓中缓过神来了，她确信这位老先生并没有疯，而且那些亮闪闪的戒指确实有某种奇怪的吸引力。她向那个托盘走去。

"哎呀，天哪！"她说，"从这里听，那嗡嗡声更响了。好像是那些戒指发出来的。"

"多么有趣的幻想啊，亲爱的。"安德鲁舅舅笑着说。他的笑声很自然，但迪戈里在他脸上看到一种急切的、近乎贪婪的表情。

15

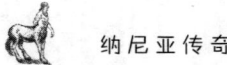 纳尼亚传奇

"波丽,别做傻事!"他喊道,"别碰它们。"

来不及了。就在他说话的同时,波丽伸出手去摸了一个戒指。顿时,没有闪光,没有声音,也没有任何警告,波丽就不见了。房间里只剩下了迪戈里和他的舅舅。

第2章　迪戈里和他的舅舅

这一幕发生得这么突然、这么可怕，迪戈里即使是在噩梦里也没有遇到过这样的事。他发出一声尖叫。安德鲁舅舅立刻用手捂住了他的嘴。"别这样！"他在迪戈里耳边低声说，"如果你吵吵嚷嚷，你妈妈就会听见。你知道她受了惊吓会怎么样。"

迪戈里后来说，用这种卑鄙可怕的方式吓唬人简直让他恶心。但是，当然啦，他没有再尖叫。

"这就好多了。"安德鲁舅舅说，"也许你是忍不住。第一次看到一个人凭空消失肯定感到很震惊。是啊，那天晚上豚鼠消失的时候，就连我都吓得不轻呢。"

"你就是那时候大嚷了一声吗？"迪戈里问。

纳尼亚传奇

"哦,你听到了,是吗? 但愿你没有在监视我?"

"没有。"迪戈里气愤地说,"波丽到底怎么样了?"

"祝贺我吧,亲爱的孩子。"安德鲁舅舅搓着两只手说,"我的实验成功了。那个小女孩不见了——消失了——从这个世界消失了。"

"你对她做了什么?"

"把她送到了——嗯——送到了另外一个地方。"

"什么意思?"迪戈里问。

安德鲁舅舅坐了下来,说道:"好吧,我跟你说说吧。你听说过勒菲老夫人吗?"

"她不是我的一个姨婆什么的吗?"迪戈里说。

"不完全是。"安德鲁舅舅说,"她是我的教母。喏,墙上那个就是她。"

迪戈里看了一眼,瞧见了一张褪色的照片,上面是一个戴着女帽的老妇人的脸。他想起曾经在乡下老家的一个旧抽屉里见过这张脸的照片。当时他问妈妈照片上是谁,妈妈似乎不太愿意谈论这个话题。那绝对不是一张慈眉善目的脸,迪戈里想。当然啦,从那些早期的照

18

片上也看不出什么来。

"她是不是——是不是——有什么不对劲,安德鲁舅舅?"

"这个嘛,"安德鲁舅舅轻声笑着说,"就要看你说的不对劲是什么意思了。有时候人的心胸十分狭隘。她在晚年确实变得很古怪。做了一些很不明智的事情。这就是他们让她闭嘴的原因。"

"你是说让她进了精神病院?"

"哦,不,不,不。"安德鲁舅舅用震惊的语气说,"不是那样。她只是进了监狱。"

"啊!"迪戈里说,"她犯了什么事?"

"唉,可怜的女人。"安德鲁舅舅说,"她太不明智了。做出了各种各样的事情。在此就不必多讲了。她对我一直很好。"

"可是,听我说,这一切跟波丽有什么关系?我真希望你——"

"也是赶巧了,我的孩子。"安德鲁舅舅说,"老勒菲夫人去世前,他们让她出院了,我是在她病入膏肓时获

纳尼亚传奇

准去看望她的少数几个人之一。你知道,她不喜欢那些平庸而无知的人。我也是。但是我和她都对同一类事情感兴趣。就在她去世的几天前,她叫我去她家的一个旧书桌那儿打开一个秘密抽屉,从里面找出一个小盒子带给她。我拿起盒子的那一刻,手指感到一阵刺痛,于是我知道我手里握着一个天大的秘密。她把盒子给了我,并且让我保证,她一咽气我就要郑重其事地把盒子烧掉,不能打开。我没有遵守这个承诺。"

"那你可真是坏透了。"迪戈里说。

"坏?"安德鲁舅舅问,露出不解的神情,"哦,我明白了。你是说小男孩应该遵守承诺。非常正确,再正确不过了,我很高兴你被调教成这样。然而,你当然也必须明白,那样的规则,只适于普通人,不管他是小男孩——还是仆人——还是女人——甚至多么优秀的普通人,但它不可能适于高深的学者、伟大的思想家和圣贤之人。不,迪戈里。像我这样拥有潜在智慧的人,完全可以摆脱普通规则的束缚,正如我们与普罗大众的乐趣也切断了联系一样。孩子,我们的命运是曲高和寡

魔法师的外甥

的、是孤独的。"

说到这里,他叹了口气,看上去那么严肃、高贵和神秘,迪戈里一时间真的以为他在说一些豪言壮语。但接着他想起了波丽消失前的一刻他在舅舅脸上看到的丑陋表情,于是一下子看穿了安德鲁舅舅的大话。"他这话的意思就是,"他对自己说,"为了得到自己想要的东西,他认为可以做任何他想做的事情。"

"当然,"安德鲁舅舅说,"我很长时间都不敢打开盒子,我知道里面可能装着非常危险的东西。因为我的教母是一个很了不起的女人。事实上,她是这个国家拥有精灵血统的最后几个凡人之一。(她说与她同时代的还有另外两个人。一个是公爵夫人,另一个是打杂的女用

纳尼亚传奇

人。)事实上,迪戈里,眼前跟你对话的这个男人,(可能)是最后一个有仙女教母的人。瞧瞧吧!等你自己老了,这会是一件很值得回忆的事情呢。"

"我敢说她是一个坏仙女。"迪戈里心里想,然后大声说道:"可是波丽怎么办呢?"

"你怎么老是念叨这个!"安德鲁舅舅说,"就好像这有什么要紧似的!我的第一个任务当然是研究那个盒子。它非常古老。我那时候就知道它不是希腊的,不是古埃及的,不是巴比伦的,不是小亚细亚的,也不是中国的。它比上面这些文明古国都要古老。啊——终于弄清真相的那一天真是令人难忘啊。那个盒子是亚特兰蒂斯人的,来自失落的亚特兰蒂斯岛。这就是说,它比在欧洲挖出的任何石器时代的东西还要古老好几个世纪。而且它不像它们那样简陋和粗糙,因为早在远古时代,亚特兰蒂斯就已经是一座拥有宫殿、庙宇和学者的伟大城市了。"

他停了下来,似乎等着迪戈里说些什么。但迪戈里对舅舅的厌恶越来越深,所以什么也没说。

22

魔法师的外甥

"那个时候,"安德鲁舅舅继续说道,"我正在通过其他方法(那些方法是不合适解释给一个孩子听的)学习很多关于魔法的知识。也就是说,我大致知道了盒子里装的可能是什么东西。通过各种测试,我缩小了可能的范围。我不得不认识了一些——嗯,一些邪恶而古怪的人,经历了一些非常不愉快的事情。这也是我头发变白的原因。一个人不会平白无故成为魔法师的。最后我的身体也垮了。但是我有了进展。最后我总算彻底搞明白了。"

虽然不可能有人听到他们说话,但安德鲁舅舅还是向前倾着身子,用耳语般的声音说:

"亚特兰蒂斯的盒子里,装着从另一个世界带来的东西,那时候我们的世界才刚刚开始。"

"什么?"迪戈里问,他不由得产生了兴趣。

"只是尘土。"安德鲁舅舅说,"细密、干燥的尘土。没什么好看的。你可能会说,我辛苦了一辈子,没有什么可以炫耀的。啊,可是我看着那些尘土(我小心翼翼地不去碰它),想到每一粒尘土都曾存在于另一个世

纳尼亚传奇

界——我不是指另一个星球,你知道。其他星球也是我们世界的一部分,你只要走得够远就能到达——可是,一个真正的另一个世界——另一个自然——另一个宇宙——你就算在这个宇宙的空间里永远永远地穿行,也无法到达那个地方——一个只有魔法才能到达的世界——没错!"说到这里,安德鲁舅舅搓了搓双手,指关节像烟花一样噼啪作响。

"我当时就知道,"他继续说,"只要能把那尘土弄成合适的形状,它就会把你带回它原来的地方。难就难在要把它弄成合适的形状。我之前做的实验都失败了。我在豚鼠身上试过。有些豚鼠直接就死了,有些像小炸弹一样爆炸——"

"这么做真是太残忍了。"迪戈里说,他自己养过一只豚鼠。

"你怎么老是跑题!"安德鲁舅舅说,"那些动物就是做这个用的。是我自己买来的。让我想想——我说到哪儿了?哦,对了。最后我成功地做出了戒指:黄色的戒指。可是,新的困难又出现了。现在我可以十分肯定,一枚

黄色的戒指，能把任何一个碰到它的生命送到另一个世界。但是，如果我不能让那些生命回来告诉我在另一个世界发现了什么，这又有什么意义呢？"

"那些生命怎么办呢？"迪戈里问，"如果回不来，它们的处境就悲惨了！"

"你总是从错误的角度看待问题。"安德鲁舅舅表情很不耐烦地说，"你难道不明白这是一个伟大的实验吗？我把人送到另一个地方，就是想知道那里是什么样子。"

"那你为什么不自己去呢？"

他舅舅听到这个简单的问题后的那份惊讶和气愤，是迪戈里从没见过的。"我？我？"他惊叫道，"这孩子一定是疯了！我这把年纪的男人，以我这样的健康状况，去承受突然被扔进另一个宇宙的惊吓和危险？我这辈子从没听过这么荒谬可笑的事！你知道自己在说什么吗？想想另一个世界意味着什么吧——你可能会碰到任何东西——任何东西。"

"但是你已经把波丽送了过去。"迪戈里说。此时他气得脸颊通红。"我只能说，"他接着说，"就算你是我的舅舅——我也要说你表现得像个胆小鬼，把一个女孩送到了你自己都不敢去的地方。"

"闭嘴，小子！"安德鲁舅舅把一只手按在桌上，说道，"我不允许一个脏兮兮的小男生对我这样说话。你不明白。我是伟大的学者，魔法师，得道的高人，正在做这个实验。我当然需要实验对象。我的天哪，你接下来就会对我说，我在拿豚鼠做实验之前还得先征求它们的同意吧！没有牺牲，就不能获得大智慧。但是由我亲自去实验的想法是荒唐的。这就像让将军跟一个普通士兵一样去打仗。万一我丢了性命，我毕生的事业怎么办呢？"

"哦，别闲扯了。"迪戈里说，"你要不要把波丽弄回来？"

"我正想告诉你呢，却被你粗鲁地打断了。"安德鲁舅舅说，"我刚想说我终于找到了返回的办法。绿色的戒指会把你带回来。"

"可是波丽没有绿戒指。"

"是啊。"安德鲁舅舅带着残酷的微笑说。

"那她就回不来了。"迪戈里喊道,"那就等于你把她给谋杀了。"

"她可以回来,"安德鲁舅舅说,"只要有另一个人戴着一枚黄戒指,拿着两枚绿戒指去找到她,一枚绿戒指把自己带回来,另一枚把她带回来。"

迪戈里当然知道自己中了什么样的圈套,他瞪着安德鲁舅舅,嘴巴张得大大的,却什么也没说。他的面颊变得煞白。

"我希望,"安德鲁舅舅立刻说道,声音十分高亢而有力,就好像他是一个完美的舅舅,刚给了对方一大笔小费和一些好的建议,"我希望,迪戈里,你不会畏缩不前。想到我们的家族里竟然有人没有足够的荣誉感和骑士精神去救助——嗯——救助一位陷入困境的女士,我会感到非常遗憾的。"

"哦,闭嘴!"迪戈里说,"但凡你有一点荣誉感,就该自己去冒险。但我知道你不会去的。好吧。我知道我非去不可了。但你是一个畜生。我猜这一切都是你故意策划的,想让波丽在不知道的情况下消失,然后我就不得不去找她。"

"当然。"安德鲁舅舅带着他那可恶的笑容说。

"很好。我会去的。但有一件事我想先说清楚。我直到今天才相信魔法。现在我知道魔法真的存在了。既然这样,那么我想所有古老的童话故事也或多或少都是真的。而你就是童话故事里那种邪恶、冷酷的魔法师。告诉你吧,在我读过的故事里,那样的人最后全都遭到了报应,我打赌你也会的。那是你活该!"

迪戈里说过的所有话中只有这一句真的起了作用。安德鲁舅舅大吃一惊,脸上露出一副极度惊恐的表情,尽管他是个畜生,你也会忍不住为他感到难过。但是一秒钟后他就平静了下来,很勉强地笑了一声,说道:"好吧,好吧。我想对于一个孩子来说,有这样的想法是很自然的——毕竟你是在女人们中间长大的。老太婆的嚼舌根,是不是?我认为你不用担心我会遭报应,迪戈里。你担心一下你那位小朋友的安危不是更好吗?她离开有一段时间了。如果那边有什么危险的话——我说,你去得太晚会很遗憾的。"

"你倒很在乎呢。"迪戈里气冲冲地说,"我早就听够了这些废话。我应该怎么做?"

"你真的必须学学控制自己的脾气了,我的孩子。"安德鲁舅舅冷冷地说,"不然长大后就会像你的蕾蒂姨妈一样。现在,仔细听我说。"

他站起来,戴上一副手套,走到那个装戒指的托盘前。

"戒指只有真的接触到你的皮肤时,"他说,"才会起作用。我戴着手套拿起它们——就像这样——不会有任何事情发生。如果你把它装在口袋里,也不会有什么反应,但是当然啦,你必须千万小心,不能把手放进口袋,以免无意中碰到它。你只要一碰到黄戒指,你就会从这个世界消失。你在另一个世界里的时候,我估计——当然,这还没有得到验证,但我估计——你只要一碰到绿戒指,就会从那个世界消失,然后——我估计——你会重新出现在这个世界里。现在,我把这两枚绿戒指放在你右边的口袋里。你要格外用心地记住绿戒指在哪个口袋。G 代表绿色,R 代表右边。G.R.,这是绿色（green）的前两个字母。一枚是你的，一枚是小女孩的。现在你给自己挑一枚黄戒指吧。如果我是你，就把黄戒指戴在手指上。那样不太容易掉。"

迪戈里刚要拿起那枚黄戒指，又突然克制住了自己。

"对了。"他说，"我妈妈怎么办呢？万一她问起我在哪儿呢？"

"你去得越快，回来得越快。"安德鲁舅舅兴高采烈地说。

"可是你并不真的知道我能不能回来。"

安德鲁舅舅耸了耸肩，他走过去打开门锁，把门推开，说道：

"哦，那么好吧。随你的便。下楼去吃你的饭吧。就让那个小女孩在另一个世界里被野兽吃掉，被淹死、饿死，或者永远迷失在那里，只要你愿意，反正对我来说都一样。也许你最好在吃茶点之前去拜访一下普卢默夫人，对她说她再也见不到自己的女儿了，就因为你不敢戴上一枚戒指。"

"天哪，"迪戈里说，"我真希望我的块头够大，能把

你的脑袋揍扁！"

他扣上外套，深深吸了口气，拿起那枚戒指。接着他想——他后来也总是这样想——他绝不可能采取任何别的做法。

第3章 世界之间的树林

安德鲁舅舅和他的书房顿时消失了。一时间,所有的一切都变得模糊不清。迪戈里接下来知道的是有一道柔和的绿光从上面照到他身上,下面是一片黑暗。他好像不是站在什么东西上,也不是坐着或者躺着,身体似乎没有碰到任何东西。"我想我是在水里吧。"迪戈里说,"或者在水下。"刹那间他一阵恐慌,但几乎立刻就感到自己在往上冲。然后他的脑袋一下子露出了水面,他慌忙地爬上岸,来到一个水潭边平坦的草地上。

他站起来的时候,发现自己并没有像在水下憋过气之后那样浑身滴水,气喘吁吁。他的衣服完全是干的。他正站在树林里一个小水潭边,水潭的两边相距不到十

英尺。树林里的树木很密，枝繁叶茂，他抬头看不见天空。只有一道道绿光透过树叶洒下来，但那上面一定是一轮热辣辣的大太阳，因为绿光非常明亮和温暖。这是一片你所能想象的最安静的树林。没有鸟，没有昆虫，没有其他动物，也没有风。你几乎可以感觉到树木在生长。他刚从里面出来的那个水潭并不是这里唯一的水潭。类似的水潭还有好几十个——他放眼望去，每隔几米就能看到一个水潭。他几乎能感觉到树木正在用它们的根咕咚咕咚地喝水。这片树林充满了生机。后来迪戈里描述它的时候总是说："那是一个非常富足的地方，像葡萄干蛋糕一样富足。"

最奇怪的是，迪戈里还没来得及打量四周就几乎忘记了自己是怎么来到这里的。反正，他肯定没有想到波丽，也没有想到安德鲁舅舅，甚至没有想到他的妈妈。他一点也不害怕，也没有感到兴奋或者好奇。如果有人问他："你从哪里来？"他可能会说："我一直都在这里。"就是那种感觉——似乎他一直就待在那个地方，尽管什么也没有发生，但从来也不感到无聊。就像他过了很久以后说的:"那里不是会发生事情的地方。树木一直在生长,这就够了。"

迪戈里盯着树林看了很久,才注意到几米外的一棵树下仰面躺着一个女孩子。她的眼睛差不多是闭着的,但没有完全闭上,似乎她正处于半睡半醒之间。迪戈里看了她很长时间,什么也没有说。终于,她睁开眼睛,久久地望着他,同样什么话也没有说。然后她用一种梦

幻般的、心满意足的声音说话了。

"我好像以前见过你。"女孩说。

"我也这么想。"迪戈里说,"你在这里很久了吗?"

"哦,一直都在这里。"女孩说,"至少有——我也说不清——很久了吧。"

"我也是。"迪戈里说。

"你才不是呢。"她说,"我刚才看见你从那个水潭里出来的。"

"噢,好像是的,"迪戈里一脸困惑地说,"我忘了。"

然后,两人又是很长时间没有说话。

"听我说,"女孩过了一会儿说道,"我在想,我们以前真的见过面吗?我隐隐约约地觉得——我脑海里有一个画面——是一个男孩和一个女孩,就像我们两个——住在一个跟这里完全不同的地方——做着各种事情。也许那只是一个梦。"

"我好像也做过同样的梦。"迪戈里说,"一个男孩和一个女孩,住在两座相邻的房子里——好像还在橡子之间爬来爬去。我记得那个女孩的脸很脏。"

"你是不是搞混了？在我的梦里，脸脏的是那个男孩。"

"我想不起男孩的脸了。"迪戈里说，接着又叫道，"嘿！那是什么？"

"哎呀，是一只豚鼠！"女孩说。果然——只见一只胖乎乎的豚鼠在草地上嗅来嗅去。豚鼠的身体中间有一根带子，上面系着一枚黄灿灿的戒指。

"看！看，"迪戈里叫道，"戒指！看！你手指上戴着一个。我也是。"

女孩这时坐了起来，她终于来了兴趣。两人使劲地盯着对方，拼命回想。然后就在同时，女孩喊出了"凯特利先生"，男孩喊出了"安德鲁舅舅"，他们知道了自己是谁，开始回忆整个事情。经过几分钟费力的交谈，他们总算把事情搞清楚了。迪戈里讲述了安德鲁舅舅多么不近人情。

"我们现在怎么办呢？"波丽说，"带着豚鼠回家？"

"不用着急。"迪戈里说着，打了个大大的哈欠。

"我认为很着急。"波丽说，"这地方太安静了。太——太像梦境了。你差点儿就睡着了。我们只要放弃努力，

就会躺下来,永远永远地睡下去。"

"这里真漂亮啊。"迪戈里说。

"是的。"波丽说,"但是我们必须回去。"她站起来,开始小心翼翼地走向那只豚鼠。接着她改变了主意。

"我们还是把豚鼠留下来吧。"她说,"它在这里过得很开心,如果把它带回去,你舅舅只会对它做出可怕的事情。"

"这是肯定的。"迪戈里回答,"看看他是怎么对待我们的吧。对了,我们怎么回家呢?"

"我想是回到水潭里去吧。"

他们走过去,一起站在水潭边,望着下面平静的潭水。水面上摇曳着绿叶繁枝的倒影,使水潭显得十分幽深。

"我们没有带游泳衣。"波丽说。

"不需要,傻瓜。"迪戈里说,"我们就穿着身上的衣服进去好了。你忘记了吗,我们来的时候并没有被弄湿。"

"你会游泳吗?"

"会一点儿。你呢?"

"嗯——不太会。"

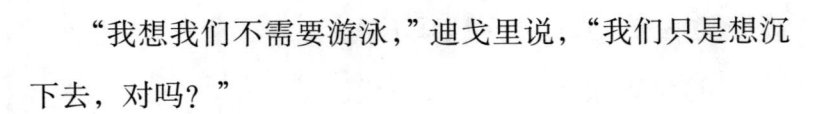

"我想我们不需要游泳,"迪戈里说,"我们只是想沉下去,对吗?"

两人都不太愿意跳进那个水潭,但谁也没有明说。他们拉起手,说"一——二——三——跳",就跳了进去。大片的水花溅了起来,他们当然就闭上了眼睛。但是,当他们再次把眼睛睁开时,却发现仍然手拉手站在绿色的树林里,水刚刚齐到他们的脚脖子。水潭看上去只有几英寸深了。他们蹚着水回到了干干的地面上。

"到底出了什么问题呢?"波丽惊恐地问。但她并没有我们想象的那么害怕,因为在那片树林里,一个人很难感到真正的恐惧。那地方太安静了。

"哦!我知道了。"迪戈里说,"这当然不管用。我们还戴着黄戒指呢。黄戒指是负责穿越出去的,你知道。绿戒指才会把你带回家。我们必须换一下戒指。你有口袋吗?太好了。你把你的黄戒指放在左边的口袋里。我带来了两个绿戒指。这个是给你的。"

他们戴上绿戒指,回到水潭边。然而,没等他们再往里跳,迪戈里长长地叫了一声"哦——哦!"

"怎么啦？"波丽说。

"我突然有了一个绝妙的想法。"迪戈里说，"那些别的水潭里是什么呢？"

"什么意思？"

"哎呀，既然跳进这个水潭就能回到我们自己的世界，那么跳进别的水潭，不是就能进入别的世界了吗？说不定每个水潭的底下都有一个世界呢。"

"可是，我认为我们已经到了你安德鲁舅舅说的'另一个世界'，或'另一个地方'，或——随便他怎么叫吧。你不是说——"

"哦，安德鲁舅舅真讨厌。"迪戈里打断了她，"我认为他根本什么都不知道。他自己从来没有勇气到这里来。他只是谈到另一个世界。但说不定有好几十个世界呢。"

"你是说这片树林可能只是其中一个？"

"不，我认为这片树林并不是一个世界。我认为它只是某个中间地带。"

波丽一脸的茫然。"你没有听懂吗？"迪戈里说，"不，听我说。想想我们在家时那些房顶下面的隧道吧。

它不是某户人家的一个房间。可以说它不属于任何一座房子。但是你一旦进入隧道,就能顺着它往前走,进入这一排房子里的任何一家。这片树林会不会也是一样呢?——它是一个不属于任何世界的地方,但你只要找到这个地方,就能进入所有的世界。"

"好吧,就算你能——"波丽插嘴道,可是迪戈里只顾自己往下说,好像没有听见她的话。

"这样一来,一切就都解释得通了。"他说,"所以这里才这么安静,这么充满睡意。这里从来不会发生什么。就好比我们在家里时,人们都在房子里聊天、做事、吃饭。而在中间地带,比如墙壁后面,天花板上面,地板下面,还有我们的那条隧道里,却不会发生任何事情。可是当你走出我们的隧道时,会发现自己到了一户人家,哪一家都有可能。所以我想,我们可以离开这里去任何地方! 我们不需要跳回到刚才来的那个水潭。至少现在还不需要。"

"不同世界之间的树林。"波丽做梦般地说,"听起来真不错。"

"走吧。"迪戈里说,"我们试试哪个水潭呢?"

"听我说,"波丽说,"在弄清能不能从原来的水潭返回之前,我不想去尝试别的水潭。我们还不能确定它是不是管用呢。"

"是啊。"迪戈里说,"我们还没有玩过瘾呢,就被安德鲁舅舅抓住,戒指也被他收走。那可不行。"

"我们能不能在那个水潭里只进去一半呢?"波丽说,"就看看它是不是管用。如果确实管用,我们就马上把戒指换了,不等回到凯特利先生的书房就赶紧返回来。"

"可以只进去一半吗?"

"嗯,我们过来时用了一点时间,回去时肯定也需要一点时间。"

迪戈里犹豫不决了好大一会儿,最后不得不答应了,因为在确定能回到旧世界之前,波丽断然拒绝去探索新的世界。在面对一些危险(比如黄蜂)的时候,波丽和迪戈里一样勇敢,但是对于探索一些从未有人听说过的事情,她的兴趣就没那么大了。而迪戈里是那种什么都想知道的人,他长大后成了一系列书里的大名鼎鼎的柯克教授。

经过好一番争论，两人同意戴上他们的绿戒指（"绿色代表安全，"迪戈里说，"这样你就总能记得怎么区分两种戒指"）。然后他们手拉手跳进水潭。他们商量，在眼看就要回到安德鲁舅舅的书房，回到自己的世界时，波丽会大喊一声"换"，两人就摘下绿戒指，换上黄戒指。迪戈里希望由他来喊"换"，但是波丽不同意。

他们戴上了绿戒指，手拉着手，再次喊道"一——二——三——跳"。这次成功了。很难说得清那是什么感觉，因为一切发生得太快了。起初，有耀眼的亮光在黑暗的天空里移动，迪戈里一直以为是星星，甚至发誓说他近距离地看到了木星——近得连它的卫星都看得见。几乎就在同时，周围出现了一排排的屋顶和烟囱，他们看见了圣保罗大教堂，知道眼前的城市就是伦敦，而且他们能穿透所有房子的墙壁，看见房间的里面。接着他们看到了安德鲁舅舅，若隐若现，非常模糊，但越来越真切，越来越有质感，就好像镜头在逐渐聚焦。可还没等安德鲁舅舅完全变得清晰，波丽喊了声"换"，他们就换了戒指。这个现实的世界就像梦境一样消失了,头顶上的绿光越来越强,最后两人从水潭里露出头来,爬上了岸。周围还是那片树林,跟刚才一样的翠绿、明亮、寂静。整个过程只用了不到一分钟。

"行了!"迪戈里说,"没问题。可以开始冒险了。随便哪个水潭都行。来。我们试试那个吧。"

"停!"波丽说,"我们不在这个水潭做个记号吗?"

当意识到迪戈里要做的事情有多么可怕时,两人面面相觑,脸色都吓白了。因为树林里有数不清的水潭,每个水潭都一模一样,那些树也都一样,如果他们没做任何记号就离开这个通向我们世界的水潭,能再次找到它的机会恐怕只有百分之一了。

迪戈里用颤抖的手打开铅笔刀,在水潭边割开一条长长的草皮。这里的泥土(有一股清香)是一种肥沃的红褐色,在绿草的映衬下煞是好看。"幸亏我们中间有一个人脑子还算清醒。"波丽说。

"好了,别再唠叨了。"迪戈里说,"走吧,我想看看别的水潭里有什么。"波丽的回答非常刺耳,他反唇相讥，说了句更难听的话。争吵持续了几分钟，但要把那些话都写下来就太无聊了。我们直接跳到下一刻吧：两人站在那个陌生的水潭边上，心怦怦乱跳，神色惶恐。他们戴着黄戒指，手拉着手，再一次说道："一、二、三，跳！"

哗啦！他们又失败了。这个水潭似乎只是一个水坑。他们并没有到达一个新的世界，只是弄湿了脚，溅湿了裤腿，这已经是那天上午的第二次了（如果还是上午的话，在这个不同世界之间的树林里，时间仿佛是凝固的）。

"真是活见鬼！"迪戈里气恼地喊道，"这又是怎么回事？我们已经戴上黄戒指了呀。他说了黄戒指可以穿越出去的。"

事实是，安德鲁舅舅根本不知道不同世界之间的这片树林，他对戒指的看法完全是错误的。黄戒指不是"出去"的戒指，绿戒指也不是"回家"的戒指，至少不是他想的那样。两种戒指的材料都来自木头。黄戒指里的材料有一股把你拉进树林的力量，它想回到自己原来的地方，也就是那个中间地带。而绿戒指里的材料想要离开

自己原来的地方,所以绿戒指会带着你离开树林,进入一个世界。明白了吧,安德鲁舅舅对自己做的事情只是一知半解,这是大多数魔法师的通病。当然,迪戈里也并不十分清楚事实的真相,他是后来才明白的。但是两人经过讨论之后,决定在这个新水潭里试试绿戒指,看看会发生什么。

"只要你愿意,我没问题。"波丽说。其实她这么说只是因为她暗自觉得两种戒指在新水潭里都不会起作用,所以没什么可害怕的,最多再被水花溅湿一次。我不太确定迪戈里是否也有同样的感觉。不管怎么说,当两人都戴上绿戒指回到水边,再次手拉着手的时候,肯定比第一次乐观多了,神情也远没有第一次那么严肃。

"一——二——三——跳!"迪戈里说。两人都跳了进去。

第4章 钟和锤

　　这一次，魔法无疑是起作用了。他们一直往下冲，先是穿过一片黑暗，然后穿过一大堆模糊的、不断旋转的物体，不知是什么，似乎可以是任何东西。光线越来越亮。突然，两人觉得站在了一个坚实的物体上。片刻之后，一切变得清晰，他们终于能打量四周了。

　　"多么奇怪的地方啊！"迪戈里说。

　　"我不喜欢这里。"波丽说着，打了个哆嗦。

　　他们首先注意到的是亮光。不像阳光，也不像电灯、油灯、蜡烛，或他们见过的其他照明。这是一种暗淡的、红兮兮的光，看着一点也不令人愉快。它很稳定，没有丝毫闪烁。他们脚下是一片平坦的地面，周围都是建筑

物。他们站在一个院子里，头顶上没有屋顶。天空特别昏暗——是一片近乎黑色的蓝。如果你看过那片天空，就会诧异亮光从何而来。

"这里的天气真奇怪。"迪戈里说，"不知道我们是不是正好赶上了一场雷雨，或者日食。"

"我不喜欢这里。"波丽说。

不知道为什么，两人都压低了声音说话。虽然跳完后没有理由还继续手拉着手，但他们没有把手放开。

院子四周的围墙很高。墙上有许多大窗户，窗户没有玻璃，里面黑洞洞的，什么也看不见。下面是巨大的圆柱拱门，像铁路隧道的洞口一样，张着黑色的大嘴。气温非常寒冷。

这些建筑物用的石头似乎都是红色的，但也可能是因为这奇怪的亮光。这地方显然已有很多年头了。院子里铺的大石板许多都有了裂缝。石板和石板之间挨得不紧密，所有的尖角都磨秃了。一个拱门被碎石瓦砾堵住了一半。两个孩子不停地转来转去，打量着院子的边边角角。其中一个原因是他们害怕自己背对那些窗户时，窗户里会有人——或有什么东西——偷看他们。

"你说，有人住在这里吗？"迪戈里终于开口了，声音仍然压得很低。

"没有。"波丽说道，"都是废墟。我们来了没有听到一点声音。"

"还是站住再听一听吧。"迪戈里提议道。

他们一动不动地站着，侧耳细听，却只听见自己怦怦的心跳声。这地方简直跟不同世界之间的那片树林一样安静。但这是另一种安静。树林里的安静是丰富而温暖的（你几乎可以听到树木在生长），充满生机，而这里却是一种死气沉沉、寒冷、空洞的安静。你无法想象其中会有生命在成长。

"我们回家吧。"波丽说。

"可是还什么都没有看到呢。"迪戈里说，"既然到了这里，就一定要四处看看。"

"我敢肯定这里没有什么有趣的东西。"

"你到了另一个世界却不敢好好看看，那么找到魔法戒指、进入另外的世界就没有多大意义了。"

"谁说不敢看了？"波丽说着，松开了迪戈里的手。

"我只是觉得你好像不太想探索这个地方。"

"你去哪儿我就去哪儿。"

"我们想离开随时都能离开。"迪戈里说，"我们把绿戒指摘下来，放在右边的口袋里。只要记住黄戒指是在左边口袋里就行了。你可以把手一直放在口袋附近，但不要伸进口袋里，不然会不小心碰到黄戒指，一下子消失的。"

他们就这么做了，然后悄悄地走向一个大拱门，这个拱门是通向建筑物内部的。两人站在门槛上往里看，发现里面没有他们一开始想的那么黑。拱门进去是一个宽敞、阴暗的大厅，里面似乎空无一人。但是大厅的另一边有一排柱子，柱子之间还有拱门，从那些拱门里也透出那种令人疲倦的亮光。他们穿过大厅，走得非常小心，生怕地板上有窟窿，或有什么东西会绊倒他们。这段路似乎很长。他们走到大厅的另一边，出了拱门，发现来到了另一个更大的院子里。

"那里好像不太安全。"波丽指着一个地方说，那里的墙向外凸出，似乎眼看就要塌进院子里了。有一处地方，两个拱门之间的柱子不见了，本该位于柱子顶部的部分就那样悬着，没有任何支撑。这地方显然已经荒废了几百年，甚至几千年。

"既然能持续到现在，我认为它还能持续一段时间。"迪戈里说，"但是我们必须非常安静。你知道，有时候声音会让东西倒塌——就像阿尔卑斯山的雪崩一样。"

他们离开那个院子，进入另一个门洞，走上一段宽阔的台阶，穿过许多一个套一个的大房间，最后被这地方的规模弄得眼花缭乱。他们不时地想，很快就能走到露天里，看见这座大宫殿周围是什么样的风景了，然而每次都只是进了另一个院子。以前这里还有人居住的时候，这些院子肯定是非常壮观气派的。一个院子里曾经有一座喷泉。一个巨大的石头怪物展开翅膀站在那里，张着大嘴，嘴巴后面还能看到一截水管，以前水就是从那里流出来的。怪物下面是一个盛水的大石盆，但里面一滴水也没有。在其他地方，有一种攀缘植物的枯枝，它们曾经缠绕在柱子上，把一些柱子缠得倒塌了下来。

但它们早就枯死了。这里没有蚂蚁，没有蜘蛛，也没有废墟中常见的其他活物。破碎的石板间露出干燥的泥土，没有野草和苔藓。

一切都是这么死气沉沉，这么单调，就连迪戈里也忍不住想，他们还是戴上黄戒指，回到中间地带那片温暖、翠绿、生机勃勃的树林里去吧。就在这时，他们来到两扇巨大的金属门前——那金属可能是金子。有一扇门微微开着一道缝，两人自然走过去往里看了看。他们都吓了一跳，深深地吸了口气：这里终于有了值得看的东西。

一时间，他们以为房间里坐满了人——好几百个人，全都坐在那里，全都一动不动。波丽和迪戈里——你可能猜到了——也一动不动地站了很长时间，向里面张望。但是他们很快就认定，眼前看到的那些不可能是真人。他们没有任何动静，也没有呼吸的声音。他们就像一批惟妙惟肖的蜡像。

这次波丽走在了前面。这个房间里有一些东西令她比迪戈里更感兴趣：那些人都穿着华丽的衣服。如果你对衣服感兴趣，就会忍不住走过去看个仔细。在看过其他房间的灰尘和空寥之后，这些色彩鲜艳的衣服使这个房间显得虽不能说欢快，但至少是富丽堂皇。房间里有更多的窗户，光线也明亮得多。

我很难描绘那些衣服。那些人都穿着长袍，头上戴着王冠。他们的袍子有深红色、银灰色、深紫色和鲜绿色的，上面刺绣着各种花纹以及花朵和怪兽的图案。大得惊人的珍贵宝石，在他们的王冠和项链上熠熠生辉，在每一个镶嵌珠宝的地方闪闪发光。

"这些衣服为什么没有在很久以前就烂掉呢？"波丽问。

"魔法。"迪戈里低声说,"你没有感觉到吗？我敢说整个房间都被施了魔法。我一进来就感觉到了。"

"这些衣服中的每一件都值几百英镑呢。"波丽说。

然而迪戈里更感兴趣的是那些脸，它们确实很值得一看。那些人坐在两边的石椅上，房间的中间是一条通道。你可以走过去，挨个儿打量他们的脸。

"我想他们都是好人。"迪戈里说。

波丽点了点头。他们看到的那些脸都很好看。男人和女人都显得善良而聪慧，似乎来自一个相貌英俊的种族。可是两个孩子在房间里往前走了几步之后，看到的人脸有了一点变化，它们都非常严肃。如果你在生活中遇到那样的人，会觉得必须注意自己的言行举止。他们又往前走了一点儿，发现周围的人脸都是他们不喜欢的：这里差不多到了房间的正中央。那些脸看上去非常健美、骄傲和快乐，但显得很冷酷。再往前走一点儿，人脸上的神情更冷酷了。再往前走，仍然很冷酷，但看起来不再快乐。甚至可以说那是一张张绝望的脸，似乎他们的亲人做出了可怕的事情，并遭受了悲惨的厄运。最后一个人最有意思——是一个女人，衣着比其他人更华丽，个子很高（这房间里的每个人都比我们这个世界的人高），脸上的表情那么凶狠和高傲，简直令人喘不过气来。但她同时也很美丽。多年以后，迪戈里步入老年之后说，他一生中从未见过那么美的女人。需要补充一句，波丽总是说她看不出那女人有什么特别美的地方。

就像我说的，这女人是最后一个，但她后面还有很多空椅子，似乎这房间原本是用来容纳更多人的。

"真希望我们知道这一切背后的故事。"迪戈里说，"我们回去看看房间中央那个桌子一样的东西吧。"

房间中央的东西并不是一张桌子。那是一根高约四英尺的方柱，上面开着一道小小的金色拱门，拱门上挂着一个小小的金钟，旁边放着一把敲钟用的小小的金锤。

"我想知道……我想知道……我想知道……"迪戈里说。

"这里好像写着什么东西。"波丽说，弯下腰看着柱子的一侧。

"天哪，真的写着东西呢。"迪戈里说，"但我们肯定

魔法师的外甥

看不懂。"

"是吗？我可没那么肯定。"波丽说。

两人用心地看了看，你可能也猜到了，刻在石头上的那些字母很奇怪。可是就在这时，一个天大的奇迹出现了：他们看着看着，那些奇怪的字母虽然形状一直没有变，但他们发现竟然能看懂了。如果迪戈里还记得他几分钟前说的话——这是一间被施了魔法的房间——他就会猜到魔法开始起作用了。可是他太好奇了，根本没往那方面想。他越来越想知道柱子上写的是什么了。很快，他们俩就都知道了。它的意思是这样——至少大致是这样，不过你要是当场读到那首诗，感觉会更好：

勇敢的陌生人，请做出选择；
把钟敲响，等待危险来临，
或者猜测敲钟后会发生什么，
直到好奇心把你逼疯。

"当然不能敲！"波丽说，"我们可不想遇到危险。"

"哦，你难道不明白这是不可能的吗？"迪戈里说，"我们已经没法摆脱了。我们会一直猜想如果敲了钟会发生什么。我可不愿意回家后老琢磨这件事，最后被好奇心逼疯。那绝对不行！"

"别傻了。"波丽说，"谁会被逼疯！敲钟会发生什么有那么重要吗？"

"我想，凡是走到这一步的人，肯定一直都想弄个水落石出，直到被逼疯了为止。这就是其中的魔法，明白吗？我感到魔法已经对我起作用了。"

"哼，我没感觉到。"波丽没好气地说，"我相信你也没有。你只是在假装。"

"你只知道这些。"迪戈里说，"因为你是个女孩。女孩除了聊八卦，拿订婚的事嚼舌头，什么都不想知道。"

"你说这话时的样子跟你舅舅一模一样。"波丽说。

"你能不能别跑题？"迪戈里说，"现在讨论的是——"

"真是大男子汉！"波丽用成人的语气说，但紧接着又用自己的声音加了一句，"不许说我像个妇女，不然你就是学人说话的大坏蛋。"

"我做梦也不会把你这样的小孩称为妇女。"迪戈里傲慢地说。

"噢,我是小孩,是吗?"波丽说,她此刻真的气坏了,"好吧,那你就犯不着再被一个小孩拖累了。我这就走。我受够了这个地方。也受够了你——你这个可恶、傲慢、固执的讨厌鬼!"

"你给我住手!"迪戈里的语气很难听,其实他本来不想这样,他是因为看到波丽把手伸向口袋,想去掏她的黄戒指。他接下来的行为就不能原谅了,不过他事后也感到很后悔(许多人都是这样)。他不等波丽把手伸进口袋,就一把抓住她的手腕,后背贴着她的前胸,用一条胳膊挡住她的另一条胳膊,探过身去拿起锤子,在金钟上灵巧地轻轻敲了一下。接着他把波丽放开了。两人分开后,互相盯着对方,大口地喘着气。波丽哭了起来,不是因为害怕,也不是因为手腕被他抓得很痛,而是因为愤怒。可是两秒钟后,两人的注意力就被别的事情占据,把争吵完全忘到了脑后。

金钟被敲后,立刻响起一个音符,一个出人意料的十分悦耳的音符，但并不是很响。它没有消失，一直持续着，而且音量越来越大。不到一分钟，声音就比开始时大了一倍。很快两个孩子即使想说话（他们此刻没想到说话——只是目瞪口呆地站着），也听不到对方在说什么。不一会儿，声音就大得连互相嚷嚷也听不见了。音量还在继续增大，一直是同一个音符，那个连续不断的悦耳的音符。但这种悦耳带有一种恐怖的味道。后来整个大房间里的空气都随着它而跳动，他们感觉到脚下的石板地也在颤抖。最后，音符开始和另一个声音混合在一起。那是一种模糊的、灾难性的声音，先是像一列火车在远处呼啸而过，后来像一棵大树轰然倒地。他们听到了重物坠落的声音。然后，随着突如其来的冲击声和雷鸣声，一阵剧烈的震动差点使他们摔倒在地，房间一头大约四分之一的房顶塌了下来，大块的石头落在他们周围，墙壁不住地摇晃。接着钟声停止了。尘雾渐渐散去。一切又恢复了平静。

谁也不知道房顶倒塌是因为魔法的作用，还是因为金钟发出的令人难以忍受的巨响，正好达到了那些摇摇

欲坠的墙壁所能承受的极限。

"好了！我希望你这下满意了。"波丽喘着气说。

"还好，反正都过去了。"迪戈里说。

两人都这么认为，不料这成了他们这辈子犯下的最大一个错误。

第5章 灭绝咒

两个孩子隔着挂钟的柱子面面相觑，钟不再发出声音，但还在颤动。突然，他们听到还没损坏的房间那头传来窸窸窣窣的动静。他们闪电般地转过头去看。离得最远的一个穿长袍的身影，就是迪戈里认为特别美丽的那个女人，正从椅子里起身。当她站起来时，他们发现她比他们之前想的还要高大。从她的王冠和长袍，以及她的眼睛和嘴唇的轮廓，都能一眼看出她是一位尊贵的女王。她在房间里环顾四周，看到了被损坏的地方，看到了两个孩子，但从她的脸上无法猜出她心里在想什么，也无法看出她是否感到惊讶。她大步流星地走了过来。

"是谁唤醒了我？是谁打破了魔咒？"她问。

"我想一定是我。"迪戈里说。

"你!"女王说,把一只手放在他的肩上——那是一只白皙、美丽的手,但迪戈里感觉它像钢钳一样有力,"你?你只是一个小孩子,一个普通的小孩子。任何人都能一眼看出你血管里没有一滴王室或贵族的血液。你这样的人怎么敢踏进这座房子?"

"我们是从另一个世界来的,通过魔法。"波丽说,

她认为女王这时候不仅注意到迪戈里,也应该注意到她了。

"这是真的吗?"女王说,眼睛仍然看着迪戈里,瞟都没有瞟波丽一下。

"是的。"迪戈里说。

女王把另一只手放在迪戈里的下巴底下,用力地往上抬,想看清他的脸。迪戈里想要瞪着对方,但很快就不得不垂下了眼睛。女王身上的某种气质征服了他。

女王足足打量了他一分多钟,才松开他的下巴,说道:

"你不是魔法师。你身上没有印记。你一定只是魔法师的仆人。你们是靠另一个人的魔法来到这里的。"

"是我的安德鲁舅舅。"迪戈里说。

就在这时,不是从房间里,而是从很近的什么地方,先是传来隆隆声,接着是吱嘎声,然后是砖石倒塌的惊天动地的轰鸣声,地板开始颤动。

"这里非常危险。"女王说,"整个宫殿都要瓦解了。如果不能在几分钟内离开,我们就会被埋在废墟里。"她

的语气很平静,似乎只是在说现在几点钟了。"快走。"她又说道,朝两个孩子各伸出一只手。波丽不喜欢女王,心里闷闷不乐,她但凡有一点办法都不愿让女王牵自己的手。可是,别看女王说话心平气和,动作却像思想一样敏捷。波丽还没反应过来是怎么回事,左手就被一只手抓住了,那只手比她的大得多、有力得多,她根本就没法挣脱。

"这是一个可怕的女人。"波丽想,"她力气太大了,一下子就能把我的胳膊扭断。她现在抓着我的左手,我拿不到我的黄戒指了。如果我把右手伸向左边的口袋,肯定还没等我够到她就会质问在做什么。不管怎么样,我们都不能让她知道戒指的事。我真希望迪戈里能理智地把嘴巴闭上。要是能单独跟他说句话就好了。"

女王领着他们走出石像大厅,进入一条长长的走廊,然后穿过一大片迷宫般的大厅、楼梯和庭院。他们一次又一次地听到这座雄伟宫殿局部坍塌的声音,有时离得很近。有一次他们刚走过一个巨大的拱门,它就轰隆隆地坍塌下来。女王走得很快——两个孩子必须小跑着才

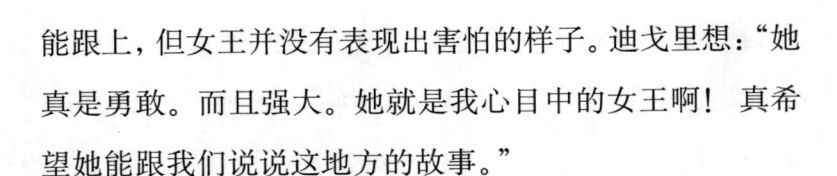

能跟上，但女王并没有表现出害怕的样子。迪戈里想："她真是勇敢。而且强大。她就是我心目中的女王啊！真希望她能跟我们说说这地方的故事。"

一路上，她确实告诉了他们一些事情。

"那是通往地牢的门，"她说，"那条走廊通向最重要的刑讯室。"或者，"这是古老的宴会厅，当年我的曾祖父邀请七百名贵族在这里举行盛宴，没等他们吃饱喝足，就把他们全都杀了。他们有反叛的念头。"

最后，他们来到一个大厅，比之前见过的所有大厅都要高大、气派。看到它的规模和远处的大门，迪戈里心想终于来到了宫殿的正门。他的判断完全正确。门是乌黑色的，也许是乌木，也许是我们这个世界上找不到的某种黑色金属。门被一些巨大的横杆固定着，大多数横杆都很高，根本够不着，而且都重得抬不起来。他不知道他们怎么能出得去。

女王放开迪戈里的手，举起胳膊，挺直身子一动不动地站着。然后她说了几乎他们听不懂的话（听上去很吓人），做了个动作，似乎在往门上扔什么东西。那道

又高又重的大门像丝绸做的一样颤抖了一秒钟就分崩离析了,最后只剩下了门槛上的一堆灰尘。

"曬!"迪戈里吹了声口哨。

"你的那位魔法师,你的那个舅舅,他有我这样的力量吗?"女王问,又一次紧紧抓住了迪戈里的手,"我以后会搞清楚的。现在,你要记住刚才看到的。任何东西或任何人想挡我的路,都是这样的下场。"

更多的亮光从洞开的大门洒了进来,比他们之前在这个世界见过的亮光还要耀眼夺目。女王领着他们走出大门后,他们发现自己来到了露天里,但并不感到惊讶。吹在脸上的风是冰冷的,不知怎的好像有点不新鲜。他们从一个很高的露台上放眼眺望,下面的景色十分壮观。

在下面的地平线附近,挂着一个大大的红太阳,比我们这个世界的太阳大得多。迪戈里立刻觉得它比我们的太阳更古老,是一个接近生命尽头的太阳,已经厌倦了俯视下面的世界。在太阳左边很高的地方,有一颗又大又亮的孤星。它们是黑暗天空中唯一可见的两样东西,形成了一个哀婉凄凉的组合。在地面上,不管朝哪个方向望去，都是一座巨大的城市，但城里却看不到一个活物。所有的庙宇、塔楼、宫殿、金字塔和桥梁，都在那个衰老的太阳照耀下投下长长的、凄惨的影子。曾经有一条大河流经这座城市，但河水早已干涸，只剩下一条宽宽的沟渠，积满了灰色的尘土。

"好好看看这些再也看不到的东西吧。"女王说，"这就是查恩，那座宏伟的城市，王中之王的城市，它是这个世界的奇迹，也许是所有世界的奇迹。孩子，你舅舅统治着这么宏伟的城市吗？"

"没有。"迪戈里说。他正要解释安德鲁舅舅没有统治任何城市，女王却接着说道：

"现在安静了。可是我当年曾经站在这里，倾听查恩城的热闹喧嚣：脚步声、车轮的嘎吱声、鞭子的抽打声、奴隶的呻吟声、战车的轰鸣声，还有寺庙里祭祀的击鼓声。我曾经站在这里（那时已接近尾声），倾听战斗的呐喊响彻每一条街道，目睹查恩河被鲜血染红。"她顿了顿，接着说道，"一个女人在一瞬间把它彻底抹去。"

"谁？"迪戈里弱弱地问，他已经猜到了答案。

"我。"女王说,"我,佳蒂丝,是最后的女王,也是这个世界的女王。"

两个孩子默默地站着,在冷风中瑟瑟发抖。

"都怪我的姐姐。"女王说,"是她逼我那么做的。愿所有神灵的诅咒永远落在她身上!我本来随时准备和解——是的,只要她把王位让给我,我还会饶恕她的性命。但是她不愿意。她的骄傲毁了整个世界。即使在战争开始后,双方还郑重承诺绝不使用魔法。但是她违背了诺言,我能怎么办呢?傻瓜!她好像不知道我的魔法比她厉害似的!她甚至明明知道我掌握了灭绝咒的秘密。难道她以为——她一向是个懦弱的人——我不会使用它吗?"

"那个咒语是什么?"迪戈里问。

"那是秘密中的秘密。"佳蒂丝女王说,"很久以前,我们种族的伟大国王们就知道,有一个咒语,如果伴随适当的仪式说出来,就会摧毁除了那个念咒者之外的所有生灵。古代的国王心慈手软,他们约束自己和继任的所有君主,发誓永远不去弄清那个词是什么。但是我在一个秘密的地方学会了它，还为此付出了惨重的代价。我是在我姐姐逼我时才使用了它。我想尽各种办法战胜我姐姐。我的军队血流成河——"

"残忍！"波丽喃喃自语。

"最后那场大战，"佳蒂丝女王说，"在查恩城里激战了三天。整整三天，我就站在这个地方俯瞰着它。眼看我的最后一名士兵也倒下了，我才使用了我的魔法，那个可恶的女人，我的姐姐，正带领她的叛军走在从城里通往露台的大楼梯上。我等待着，直到我们离得很近，能看到彼此的脸。她用那双狰狞而歹毒的眼睛看着我说：'胜利了。''是的，'我说，'胜利了，但胜利不属于你。'然后我念出了灭绝咒。片刻之后，我就成了太阳底下唯一的生命。"

"那些人呢？"迪戈里吃惊地说。

"什么人，孩子？"女王问。

"那些普通老百姓，"波丽说，"他们从来没有伤害过你。所有的女人、孩子和动物都没有伤害过你。"

"你难道不明白吗？"女王说（仍然对着迪戈里说

话),"我是女王。他们都是我的子民。除了执行我的意愿,他们还有什么价值呢?"

"不管怎么说,他们都够倒霉的。"迪戈里说。

"我忘记你只是个普通的男孩。你怎么能理解统治一个国家的道理呢?孩子,你必须明白,你和普通人眼中的坏事,对我这样尊贵的女王来说并不是坏事。整个世界的重担都压在我们肩上。我们必须摆脱一切规则。我们的命运高贵而孤独。"

迪戈里突然想起安德鲁舅舅也说过同样的话。但是这番话从佳蒂丝女王嘴里说出来,听上去庄重得多。这也许是因为安德鲁舅舅没有七英尺的身高,也没有惊人的美貌。

"后来你做了什么?"迪戈里问。

"我给那个大厅施了很强的魔法,就是我祖先的雕像所在的大厅。那些咒语的力量使我也沉睡在他们中间,像一尊雕像一样,一千年不需要食物,也不需要烟火,直到有一个人来敲钟把我唤醒。"

"是灭绝咒把太阳变成了那样吗?"迪戈里问。

"变成了什么样？"佳蒂丝问。

"那么大，那么红，那么冷。"

"它一直都是这样。"佳蒂丝说，"至少已经有好几十万年了。你们世界里的太阳是另一种样子吗？"

"是的，那个太阳更小、更黄，而且释放的热量更多。"

"哈哈——！"女王拖着长声笑道。迪戈里在她脸上看到了最近在安德鲁舅舅脸上看到的那种饥渴和贪婪的表情。"这么看来，"女王说，"你们的世界更年轻。"

她停顿了片刻，又看了看眼前这座荒芜的城市——她即使为自己所做的一切坏事感到后悔，也绝对没有表露出来——然后她说，"好了，我们走吧。所有的时代都结束了，这里很冷。"

"去哪儿？"两个孩子都问。

"去哪儿？"佳蒂丝惊讶地跟着说道，"当然是去你们的世界。"

波丽和迪戈里惊愕地看着对方。波丽从一开始就不喜欢女王，迪戈里听完这个故事后也觉得对她有了足够

的认识。她显然绝对不是那种别人愿意带回家的人。就算他们愿意带她回去,也不知道该怎么做。他们只想自己离开,可是波丽拿不到戒指,而迪戈里当然不可能撇下她自己离开。迪戈里脸涨得通红,说话结结巴巴:

"哦——哦——我们的世界。我——我不知道你想去那儿。"

"如果不是为了接我,那把你们派来做什么?"佳蒂丝问。

"我敢发誓你根本不会喜欢我们的世界。"迪戈里说,"那不是她喜欢的地方,对吧,波丽?很沉闷,不值得一看,真的。"

"等我统治它之后,它很快就值得一看了。"女王回答。

"哦,那不可能。"迪戈里说,"不是那样。你知道,他们不会让你统治的。"

女王露出一个轻蔑的笑容。"许多伟大的国王,"她说,"都以为他们能对抗查恩家族。但他们都倒下了,他们的名字也被遗忘。愚蠢的男孩!难道你认为我凭着自己的美貌和魔法，不能在一年内让你的整个世界拜倒在我的脚下吗？快准备好你的咒语，立刻带我过去。"

"这太可怕了。"迪戈里对波丽说。

"你也许在为你的舅舅担心。"佳蒂丝说，"但只要他乖乖地尊重我，就能保住他的生命和王位。我不是来跟他作对的。他既然知道怎么把你送到这里来，一定是个非常厉害的魔法师。他是统治你们整个世界的国王，还是只统治其中一部分？"

"他什么国王都不是。"迪戈里说。

"你在说谎。"女王说，"只有王室血统的人才配拥有魔法，不是吗？谁听说过普通人也能成为魔法师的？不管你肯不肯说，我都能知道真相。你舅舅是你们世界的伟大的国王，伟大的魔法师。他通过魔法在某个魔镜或魔法池里隐隐约约看到了我的面容。他爱上了我的美貌，就施了一种强大的咒语，撼动了你们世界的根基，让你们穿越世界与世界之间的巨大鸿沟来到这里，请求我的帮助，把我带过去见他。回答我，是不是这么回事？"

"嗯，不完全是。"迪戈里说。

"什么叫不完全是。"波丽喊道,"呸,从头到尾都是一派胡言。"

"奴才!"女王喊道,她愤怒地转向波丽,一把抓住她头顶上的头发——那里的头皮最疼。可是她这么一来就同时松开了两个孩子的手。"快行动。"迪戈里喊道。"快!"波丽喊道。两人同时把左手伸进口袋。他们甚至不用把戒指戴上,手刚一碰到戒指,这个凄凉的世界就从眼前彻底消失了。他们忽地向上冲去,头顶上一道暖融融的绿光越来越近。

第6章 安德鲁舅舅的麻烦开始了

"放开!放开!"波丽尖叫道。

"我没有碰你!"迪戈里说。

接着他们的脑袋从水潭里露了出来,周围又是世界之间树林的那种阳光普照的寂静。他们刚刚离开古老宫殿的陈旧废墟,觉得这里比之前更富足、更温暖、更安静了。我想,他们如果有机会的话,肯定会再一次忘记自己是谁、从哪里来,他们会舒舒服服地躺下来,在半睡半醒中,优哉游哉地听着树木的生长。然而这一次,有一件事使他们头脑格外清醒:他们从水潭来到草地上时就发现旁边还有一个人。那个女王,或者女巫(随便你怎么叫她)跟他们一起上来了,她紧紧抓住波丽的头

发。所以波丽一直在大喊"放开！"

顺便说一下，这也证明了戒指的另一个奇妙之处，安德鲁舅舅没有告诉迪戈里，因为他自己也不知道。你如果想通过戒指从一个世界跳到另一个世界，其实并不需要把戒指戴在手上或亲手触摸它，你只要碰到一个触摸戒指的人就够了。那些戒指就像磁铁一样。大家都知道，如果用磁铁吸起一根大头针，那么碰到这根大头针的其他大头针也会被吸起来。

此刻出现在树林里的佳蒂丝女王，看上去完全变了模样。她的脸色比刚才苍白多了，苍白得几乎没有残存一丝美丽。她弯着腰，似乎感到呼吸困难，似乎这地方的空气令她窒息。现在两个孩子一点也不害怕她了。

"放开！松开我的头发。"波丽说，"你这是想干什么？"

"喂！松开她的头发。"迪戈里说。

两个孩子转过身，跟她扭打起来。他们比她力气大，只几秒钟就逼得她松开了手。她跟跟跄跄地后退，大口地喘着粗气，眼睛里露出恐惧的神色。

"快，迪戈里！"波丽说，"换戒指，跳进'回家的水潭'。"

"救命！救命！行行好！"女巫有气无力地喊道，跌跌撞撞地在后面追他们，"带我一起走吧。你们不能把我丢在这个可怕的地方。我会死的。"

"这是统治者的逻辑。"波丽恶狠狠地说，"就像你在你的世界里杀害了那么多人。快点吧，迪戈里。"两人戴上了绿戒指，但迪戈里说：

"哦，真麻烦！怎么办呢？"他忍不住有点同情女王。

"哦，别犯傻了。"波丽说，"她十有八九是在装可怜。快走吧。"两个孩子跳进了回家的水潭。"幸亏我们做了那个记号。"波丽想。可是就在他们起跳时，迪戈里感到有两根冰冷的手指捏住了他的耳朵。当他们开始往下沉，当我们这个世界的景物开始纷杂地出现时，那两根手指的力量越来越大。女巫的体力显然在恢复。迪戈里拼命挣扎，不停地踢蹬，可是一点用也没有。很快，他们就发现自己来到了安德鲁舅舅的书房。安德鲁舅舅正在书房里，他吃惊地盯着迪戈里从另一个世界带来的这位神

奇人物。

　　他当然要盯着看。迪戈里和波丽也瞪大了眼睛。毫无疑问，女巫已经从虚弱中醒过神来了。此刻是在我们自己的世界里看到她，周围都是平凡的事物，她的美就简直令人窒息了。她在查恩就已经美得惊人，在伦敦更是令人胆战心惊。首先是她的身高，两个孩子直到这时才意识到她有多么高大。迪戈里望着她，心想："简直不是凡人。"他也许是对的，因为有人说查恩国的王室家族有巨人血统。她的身量这么高大，但跟她的美貌、她的凶狠和她的野性相比，根本不算什么。她的活力比你在伦敦见到的大多数人都要充沛十倍。安德鲁舅舅鞠着躬，搓着双手，看上去战战兢兢。他在女巫身边就像一只小虾米。不过，正如波丽后来说的，女巫的脸和他的脸有几分相似，都带有某种表情。那是所有邪恶的魔法师共有的表情，也就是佳蒂丝说在迪戈里脸上没有发现的那种"印记"。看到他们俩在一起倒有一点好处，就是你再也不会害怕安德鲁舅舅了，就像见过响尾蛇后不会再害怕蚯蚓，见过发疯的公牛之后不会再害怕母牛一样。

"呸！"迪戈里暗想，"他算哪门子魔法师！真不怎么样。她才是真家伙呢。"

安德鲁舅舅不停地搓手、鞠躬。他想说些非常礼貌的话，但嘴里发干，什么也说不出来。他所谓的戒指"实验"，成功得超出了他喜欢的程度。他虽然涉足魔法这么多年，但总是把所有的危险（尽可能地）都留给别人。这样的事是他以前从来没有遇到过的。

这时佳蒂丝说话了，声音不大，但语气里有某种东

西让整个房间都为之颤抖。

"把我召唤到这个世界来的魔法师在哪里?"

"啊——啊——夫人,"安德鲁舅舅结结巴巴地说,"我不胜荣幸——不胜感激——这是最令人意外的欣喜——如果我有机会做一些准备就好了——我——我——"

"魔法师在哪儿,傻瓜?"佳蒂丝问。

"我——我就是,夫人。我希望你能原谅——嗯——原谅这两个淘气鬼的冒昧。我向你保证,他们不是故意——"

"你?"女王的声音更吓人了。她一个大步走到房间那头,用一只大手抓住安德鲁舅舅的灰色头发,把他的头往后扯,逼着他抬头望着她。然后她仔细端详他的脸,就像在查恩宫殿里端详迪戈里的脸一样。安德鲁舅舅一直紧张地眨眼睛、舔嘴唇。最后,女巫放开了他。她放得那么突然,安德鲁舅舅趔趔趄趄地后退,靠在了墙上。

"我明白了,"她轻蔑地说,"你是一名魔法师——勉强算是吧。站起来,狗,不要懒洋洋地瘫在那里,就像在跟你的同类说话一样。你是怎么学会魔法的？我敢发誓你没有王室血统。"

"嗯——啊——从严格意义上说也许没有。"安德鲁舅舅结结巴巴地说，"不算是王室，夫人。可是，凯特利是一个非常古老的家族。是多塞特郡的一个世家，夫人。"

"闭嘴。"女巫说，"我知道你是什么货色了。你是个鸡零狗碎的小魔术师，循规蹈矩，照本宣科。你的心里和血液里根本没有真正的魔法。早在一千年前，你这种人就在我的世界灭绝了。但在这里，我允许你做我的仆人。"

"我很高兴——很乐意能为你效劳——这是我的荣幸，我向你保证。"

"闭嘴！你的话太多了。仔细听听你的第一个任务。我知道我们是在一个大城市。你火速去给我弄一辆战车或一条飞毯，或一条训练有素的龙，或者你们这里为王室和贵族准备的不管什么东西。然后带我去一些地方，让我能搞到与我身份相配的衣服、珠宝和奴隶。明天我就要开始征服这个世界了。"

"我——我——我这就去叫一辆出租车。"安德鲁舅舅喘着气说。

"站住。"他刚走到门口，女巫就喝道，"不要想着耍花招。我的眼睛能看穿墙壁，看透人的内心。不管你走到哪里，它们都会盯着你。只要你露出一点不服从的迹象，我就会对你下咒，让你不管坐在哪儿都像坐在烧得通红的铁板上，让你不管什么时候躺在床上，脚边都会放着看不见的冰块。现在走吧。"

老男人像一条夹着尾巴的狗一样离开了。

两个孩子担心佳蒂丝会为树林里的事跟他们算账。没想到，不管是当时还是之后，她都没有再提那件事。我想（迪戈里也这么想），她那样的脑子根本不记得那个寂静的地方，不管你带她去过多少次，也不管把她留在那里多久，她都对那里一无所知。现在房间里只剩下她和两个孩子，她对他们谁都不理不睬。这也符合她的性格。在查恩的时候，她完全无视波丽（直到最后才注意到她），因为迪戈里才是她想利用的人。现在有了安德鲁舅舅，她就不再理睬迪戈里了。我想大多数女巫都是这样的吧。她们对没有利用价值的事物和人一概不感兴趣，她们非常实际。因此，房间里沉默了一两分钟。但是佳蒂丝不停地用脚敲击地板，可以看出她越来越烦躁了。

过了一会儿，她像是自言自语地说："那个老笨蛋在磨蹭什么？我应该带根鞭子来的。"她大步走出房间去追安德鲁舅舅，看都没看两个孩子一眼。

"呼！"波丽说，放松地长长舒了口气，"现在我必须回家了。时间这么晚，我肯定要挨骂了。"

"好吧，尽量早点回来。"迪戈里说，"真是太可怕了，竟然把她弄了过来。我们必须订个计划。"

"现在就看你舅舅的了。"波丽说，"这一切麻烦都是他的魔法惹出来的。"

"不管怎样，你都会回来的，是吗？天哪，你可不能让我一个人处理这个烂摊子。"

"我要从隧道回家。"波丽冷冷地说，"那是最快的一条路了。如果你想让我回来，是不是应该说一声对不起呢？"

"对不起？"迪戈里嚷了起来,"我的天,小女孩真爱闹别扭！我做了什么？"

"哦,你当然没做什么。"波丽讥讽地说,"你只是在那个摆满蜡像的房间里差点把我的手腕拧断,像个外强中干的土匪。你只是用锤子敲了钟,像个十足的白痴。你只是在树林里转了个身,让她逮着空子,在我们跳进回家的水潭前抓住了你。就是这些。"

"哦。"迪戈里说,感到非常惊讶,"好吧,我说,对不起。蜡像馆里的那件事,我真的很抱歉。好了,我已经说过对不起了。拜托你就大度一点,回来吧。如果你不回来,我的处境就太可怕了。"

"我不知道你会遇到什么麻烦。坐在烧红的椅子上,床上放着冰块的,不是那个凯特利先生吗？"

"不是那些事。"迪戈里说,"我担心的是我妈妈。如果那家伙闯进她的房间,会把她吓死的。"

"哦,明白了。"波丽换了一种语气说道,"好吧。我们别吵了。我会回来的——只要能脱得开身。但我现在必须走了。"她爬过那道小门进了隧道。橡木间那个黑黢黢的地方，几小时前还是那么令人兴奋，充满冒险的气息，现在却显得十分平淡无奇了。

现在必须再回来说说安德鲁舅舅。当他跟跟跄跄地走下阁楼的楼梯时，那颗衰老的心脏怦怦地狂跳着，他不停地用手帕擦着额头。来到楼下的卧室，他把自己锁在了里面。他做的第一件事是从衣柜里掏出一个酒瓶和一个酒杯，他总是把它们藏在那里，不让蕾蒂姨妈找到。他给自己倒了一杯难喝的成人饮料，一口就灌了下去，然后深深地吸了口气。

"说实在的。"他自言自语道，"我真是被吓坏了。整个心都乱了！而且是在我这把年纪！"

他又倒了一杯，也一饮而尽。然后他开始换衣服。那样的衣服你从未见过，但我记得很清楚。他戴上一个高高的领子，那种领子亮闪闪、硬邦邦的，你必须整天抬着下巴。他穿上一件有图案的白色马甲，把他的金表链挂在胸前。他穿上他最好的礼服，那是他留着参加婚礼和葬礼时穿的。他拿出他最好的大礼帽，擦拭得亮闪闪的。他的梳妆台上放着一瓶花（是蕾蒂姨妈放在那儿

的），他摘下一朵塞进了扣眼里。他从左边的小抽屉里拿出一块干净手帕（那种可爱的手帕今天是买不到了），在上面洒了几滴香水。他拿起裹着厚厚黑丝带的镜片，把它夹在眼睛上。然后他对着镜子自我欣赏。

你知道，小孩子有一种愚蠢，大人们有另一种愚蠢。这个时候安德鲁舅舅表现出的，是大人的那种愚蠢。现在女巫跟他不在一个房间里了，他便很快忘记了她怎样吓得他魂不附体，而是越来越多地想到她的美貌。他不停地自言自语："一个漂亮女人，先生，一个漂亮女人。一个极品尤物。"他竟然忘记了这个"极品尤物"是两个孩子弄过来的，他觉得似乎是自己用魔法把她从未知的世界里召唤来的。

"安德鲁，我的孩子，"他对着镜子里的自己说，"就你这个年纪来说，你保养得真不错啊。一个相貌出众的男人，先生。"

瞧见了吧，这个愚蠢的老男人竟然开始想象女巫会爱上他了。可能是那两杯酒起的作用，还有他那身漂亮衣服。总之，他像孔雀一样爱慕虚荣，这也是他成为魔法师的原因。

他打开门，走下楼，派女仆去叫一辆双轮双座马车（那年头每个人都有一大堆仆人），然后往客厅里看了看。不出所料，他在那里找到了蕾蒂姨妈。她正忙着修补一个床垫。床垫放在窗边的地板上，她跪在上面。

"啊，我亲爱的蕾蒂，"安德鲁舅舅说，"我——啊，我得出去一趟。借给我五六个英镑吧，你是个好娘娘。"（他把"姑娘"说成"娘娘"）。

"不行，亲爱的安德鲁。"蕾蒂姨妈头也不抬，用坚定、平静的语气说，"我跟你说过无数遍了，我不会借钱给你的。"

"好了，求求你别折磨我了，我亲爱的娘娘。"安德鲁舅舅说，"这件事非常重要。如果你不借钱给我，我就会陷入一个特别尴尬的境地。"

"安德鲁，"蕾蒂姨妈直盯着他的脸说，"真奇怪，你管我要钱竟然不觉得脸红。"

在这些话的背后，有一个关于成年人的乏味而冗长的故事。你只需要知道，安德鲁舅舅谎称"替亲爱的蕾

蒂打理生意",却整天什么都不做,还弄来大笔的白兰地和雪茄账单(让蕾蒂姨妈一次次给他买单),害得她反倒比三十年前穷了许多。

"亲爱的娘娘,"安德鲁舅舅说,"你不明白。我今天会有几笔计划外的支出。我要招待客人。求求你,别这么折磨我了。"

"请问,你打算招待谁呢,安德鲁?"蕾蒂姨妈问。

"哦——刚刚来了一位非常尊贵的客人。"

"完全胡说八道!"蕾蒂姨妈说,"刚才一小时门铃根本没有响过。"

就在这时,门突然开了。蕾蒂姨妈回过头,惊讶地看到门口站着一个身材魁梧的女人,她穿着华丽的衣服,裸露着胳膊,一双眼睛闪闪发光。正是那个女巫。

第7章　大门口发生的事

"喂，奴才，我的马车还要等多久？"女巫吼道。安德鲁舅舅吓得躲开了她。此刻女巫真的在眼前了，他照镜子时产生的那些愚蠢想法一下子消失得无影无踪。蕾蒂姨妈立刻站起来，走到房间中央。

"安德鲁，我能问一下这个年轻女人是谁吗？"蕾蒂姨妈冷冰冰地问。

"是一位杰出的外国友人——非——非常重要的客人。"他结结巴巴地说。

"胡说！"蕾蒂姨妈说，然后转向女巫，"马上滚出我的房子，你这个不要脸的下贱女人，不然我就叫警察了。"她想女巫一定是从马戏团出来的，她不喜欢女人露

着胳膊。

"这女人是干什么的?"佳蒂丝问,"跪下,奴才,不然我就炸了你。"

"请不要在这座房子里说粗话,年轻女人。"蕾蒂姨妈说。

在安德鲁舅舅看来,女王似乎顷刻之间变得更高大了。她眼睛里闪着怒火,伸出一只胳膊,做出像上次把查恩宫殿大门化为尘土时那样的动作,说出那样令人恐惧的话。然而什么也没有发生,蕾蒂姨妈以为那可怕的咒语只是普通的话语,就说:

"我就猜到了。这女人喝醉了。喝醉了! 她连话都说不清楚。"

这对女巫来说肯定是可怕的一刻,她突然意识到,她把人变成灰尘的能力在她自己的世界里是真实存在的,而在我们这个世界却行不通。但她片刻也没有失去勇气。她没有仔细咂摸自己的失望,而是猛地冲向前,一把抓住蕾蒂姨妈的脖子和膝盖,把她高高地举过头顶,扔向了房间那头,就好像蕾蒂姨妈还没有一个洋娃娃重。蕾蒂姨妈还在空中挣扎的时候，女仆（她这个早晨过得真是惊心动魄）从门口探进头来，说道："报告，先生，马车到了。"

"在前面带路，奴才。"女巫对安德鲁舅舅说。他低声嘀咕说"一定要反抗令人遗憾的暴力"，但是佳蒂丝只扫了他一眼，他就立刻闭了嘴。女巫赶着他出了房间，出了家门。迪戈里跑下楼梯时，正好看见大门在他们身后关上了。

"天哪！"他说，"她在伦敦到处乱跑。还有安德鲁舅舅。我不知道现在究竟会闹出什么事来。"

"哦，迪戈里少爷，"女仆说（她今天过得太精彩了），"凯特利小姐好像不知怎的把自己给弄伤了。"于是两人都冲进客厅去看个究竟。

如果蕾蒂姨妈是摔在没铺地毯的地板上，或者哪怕是摔在地毯上，估计她全身的骨头都会被摔断的。但是她很幸运，摔在了那个床垫上。蕾蒂姨妈是一个非常强悍的老太太，那个时候的姨妈通常是这样的。她喝了点提神药，静静地坐了几分钟，然后说她除了几处擦伤外，没

什么大事。很快她就掌控了局面。

"萨拉,"她对女仆说(女仆从来没有过这样美妙的日子),"马上到警察局去,告诉他们有一个危险的疯子在逃。我自己把柯克夫人的午餐给她端上去吧。"当然啦,柯克夫人是迪戈里的妈妈。

照料妈妈吃完午饭后,迪戈里和蕾蒂姨妈也吃了午饭。然后,他陷入了沉思。

现在的问题是怎样把女巫送回她自己的世界,至少把她赶出我们的世界,越快越好。不管怎样都绝不能让她在家里横冲直撞。绝不能让妈妈看见她。

而且,如果可能的话,也绝不能让她在伦敦胡作非为。她刚才想"炸掉"蕾蒂姨妈的时候,迪戈里不在客厅,但他曾亲眼看见她"炸掉"查恩宫殿的大门,知道她的力量有多可怕。迪戈里不清楚女巫来到我们的世界后失去了功力,他知道女巫想要征服我们的世界。目前在他看来,女巫可能正在炸掉白金汉宫或议会大厦。几乎可以肯定,这会儿已经有一大批警察被炸死,沦为一小撮一小撮的尘土。而迪戈里对此好像没有任何办法。"但戒指似乎能像磁铁一样起作用。"迪戈里想,"只要我能碰到女巫,然后戴上我的黄戒指,我们俩就能一起进入世界之间的那片树林。不知她到了那里会不会又变得虚弱无力?她是因为受了那个地方的影响,还只是因为从自己的世界突然被拉出来,受了惊吓呢?恐怕我必须冒一下险。我怎么才能找到那个坏蛋呢?我猜蕾蒂姨妈不会让我出去的,除非我说出要去哪里。我身上只有两便士。如果我要找遍整个伦敦,坐公共汽车和有轨电车就需要花很多钱。而且,我完全不知道去哪儿寻找,也不知道安德鲁舅舅是不是还跟她在一起。"

最后,似乎他唯一能做的就是等待,希望安德鲁舅舅和女巫还会回来。如果他们回来了,他必须冲出去抓住女巫,不等她有机会进入家门,然后他就戴上他的黄戒指。这就意味着他必须像猫盯着老鼠洞一样盯着大门,一刻也不敢离开自己的岗位。于是他走进餐厅,就像他们说的那样,"把脸粘在"窗户上。那是一扇凸肚窗,从那里可以看到大门口的台阶,也可以看到街道两边,所以只要有人走到大门前他都能知道。

"不知道波丽在做什么？"迪戈里想。

他心里纳闷着这件事，最初的半个小时过得很慢。但是你就不必纳闷了，因为我会告诉你的。波丽回家吃饭晚了，鞋子和袜子都是湿的。大人们问她去了哪里、到底做了些什么时，她说她和迪戈里·柯克一起出去了。在进一步追问下，她说她是在一个水潭里把脚弄湿的，那个水潭是在一片树林里。他们问她树林在哪里，她说不知道。问她是不是在某个公园里，她老老实实地说她认为那可能是一个公园。听了这番话，波丽的妈妈知道波丽没跟任何人打招呼就跑去了伦敦一个她不认识的地方，进了一个陌生的公园，跳进水坑里疯玩了一场。结果大人们对波丽说，她实在太不听话了，如果再发生这样的事情，就不许她再跟"柯克家的那个男孩"一起玩了。然后她吃了饭，所有好吃的东西都没让她吃。饭后，她被打发上床，要在床上躺整整两个小时。在那个年代，这种事情是经常发生的。

因此，当迪戈里盯着餐厅的窗外时，波丽正躺在床上发呆，两人都觉得时间过得真慢啊。我觉得我宁愿自己是波丽。她只需要熬过两个小时就行了，可是迪戈里呢，每隔几分钟就会听到一辆马车或面包房的货车从街角开过来，或者肉铺的小伙计匆匆跑过，他心里就想"她来了"，结果却发现不是。在这一场场虚惊之间，大钟嘀嗒嘀嗒没完没了地响着，一只大苍蝇贴着窗户嗡嗡地飞——它在上面很高的地方，根本够不着。这种房子一到下午就特别安静和沉闷，空气里似乎总有一股羊肉味儿。

在长时间的观察和等待中，发生了一件小事，我在此不得不提一下，因为它后来引出了一件重要的大事。一位女士拿着葡萄来看望迪戈里的妈妈。餐厅的门开着，迪戈里不由自主地听到了蕾蒂姨妈和那位女士在厅里的谈话。

"多么可爱的葡萄啊！"蕾蒂姨妈的声音说道，"如果有什么东西能对她有好处，我相信就是这些葡萄了。哦，可怜的、亲爱的小梅布尔！现在恐怕只有年轻世界的果实才能帮到她。这个世界的东西已经对她无能为力了。"然后两人都压低了声音，说了许多迪戈里听不见的话。

魔法师的外甥

如果几天前听到"年轻世界"那个词,迪戈里会认为蕾蒂姨妈只是随口说说,没有什么特别的意思,大人们通常都是那样,他不会产生兴趣。他差不多就这么想了,但脑海里突然灵光一现:他现在知道(尽管蕾蒂姨妈还不知道),确实有另外一些世界存在,他自己曾经到过其中的一个世界。那样的话,说不定真的在什么地方有一个"年轻世界"呢。几乎一切都有可能。在另外某个世界里,也许有果实能真正治好妈妈的病! 而且,哦,哦——好吧,你知道自己开始满心渴望某种东西时是什么感觉:你几乎在拼命压制那份希望,因为它太美好了,不可能实现。你曾经失望过那么多次。这就是迪戈里的感受。可是要想扼杀这种希望是没有用的。它说不定,真的说不定,有可能实现呢。这么多奇怪的事情都已经发生了。而且他还有魔法戒指。通过那片树林里的每个水潭肯定能到达各个不同的世界。他可以把它们一一搜个遍。然后妈妈就能好起来,一切就都能恢复正常了。他把监视女巫的事忘到了脑后。他已经把手伸向了放黄戒指的口袋,却突然听到了一阵马蹄声。

"咦！怎么回事？"迪戈里想，"消防车？不知道是哪座房子着了火。天哪，往这里来了。哎呀，是她。"

他说的"她"是谁，就不必我说了。

首先出现的是那辆双轮马车。驾驶座上没有人。在马车顶上——站着，不是坐着——佳蒂丝，女王中的女王，查恩的恐怖霸王。马车全速转弯时，一个轮子悬空了，女王的身体随之摇晃，但脚下站得很稳。她露着牙齿，两个眼睛里冒着怒火，一头长发像彗星尾巴一样在身后飘荡。她毫不留情地鞭打着那匹马。马的鼻孔张得大大的，颜色发红，身体两侧沁满了汗珠。它疯狂地飞奔到前门，差点儿撞到了灯柱，然后用两条后腿直立起来。马车撞在灯柱上，断成了好几截。女巫潇洒地一跳，及时纵身跃起，落在了马背上。她骑在马上，身体前倾，对着马耳朵悄悄说了几句话。这些话肯定不是为了让马安静下来，而是刺激它发狂。马顿时又用后腿直立起来，发出尖叫般的嘶鸣声，马蹄、牙齿、眼睛和甩动的鬃毛乱成一片。只有出色的骑手才能不被它甩下来。

迪戈里还没有缓过气来，就又发生了一连串的事情。

第二辆马车跟在第一辆马车后面冲过来，从里面跳出一个穿着长礼服的胖男人和一名警察。接着第三辆马车也来了，车里坐着另外两个警察。随后，大约二十个人（大多是跑腿的男孩）骑着自行车过来了，都把铃铛按得山响，一边大声地欢呼和吹口哨。最后是一群走路的人，他们跑得浑身发热，但显然都很开心。这条街上每户的人家都把窗户打开了，每家门前都走出了一个女仆或男管家。他们都想出来看热闹。

与此同时，一位老先生开始颤巍巍地从第一辆马车的残骸中爬出来。几个人冲上前去搀扶他，可是，一个人把他往这边拉，另一个人把他往那边拽，也许他自己

往外爬还更利索些。迪戈里猜想这位老先生肯定是安德鲁舅舅，但他看不见他的脸。那顶大礼帽被砸了下来，把安德鲁舅舅的脸遮住了。

迪戈里冲出房门，加入了人群。

"就是那个女人，就是那个女人。"胖男人指着佳蒂丝喊道，"履行你们的职责吧，警官。她从我店里拿走了价值上千镑的东西。看她脖子上的那串珍珠项链。那是我的。而且她还把我打了一个乌眼青。"

"没错，警官。"人群中的一个人说，"从没见过这么可爱的乌眼青。这一手干得太漂亮了。警官！真是个彪悍的女人！"

"你应该把一块新鲜的生牛排敷在眼睛上，先生，很管用的。"一个肉铺的小伙计说。

"那么，"权力最大的那名警察说，"到底是怎么回事？"

"我告诉你，她——"胖男人刚一开口，就有人叫道：

"别让马车里的那个老家伙跑了。是他怂恿那女人干的。"

那位老先生，当然就是安德鲁舅舅，好不容易才站

了起来，揉着身上被擦伤的地方。"说吧，"警察转向他说道，"怎么回事？"

"呜噜——呜噜——呜噜。"从帽子里传出安德鲁舅舅的声音。

"别胡闹了。"警察严厉地说，"你会发现这不是闹着玩的。快把帽子摘下来，听见吗？"

这事说起来容易做起来难。安德鲁舅舅费了半天的劲也没能把帽子脱下来，后来另外两名警察抓住帽檐，把帽子扯掉了。

"谢谢，谢谢。"安德鲁舅舅有气无力地说，"谢谢。天哪，我真是吓坏了。如果谁能给我一小杯白兰地——"

"你现在请听我说。"警察说着，掏出一个很大的笔记本和一支很小的铅笔，"那个年轻女人由你负责吗？"

"当心！"几个声音同时喊道，警察及时往后跳了一步。那匹马刚才正瞄准了要踢他，差点儿就会把他一脚踢死。这时女巫掉转马头，面对人群，马的后腿走在人行道上。女巫手里拿着一把明晃晃的长刀，正忙着把马从马车的残骸中解放出来。

在这段时间里，迪戈里一直想挤到一个能接触女巫的位置。要做到这点很不容易，因为他这边的人太多了。为了绕到另一边去，他必须从马蹄中间穿过，还要经过房子周围那片"区域"的栅栏，因为凯特利家有个地下室。如果你对马有所了解，特别是如果你看到那匹马当时的状态，就会知道这是一件很难办到的事情。迪戈里对马很了解，但他咬紧牙关，准备一看到有利时机就冲过去。

这时，一个戴圆顶硬礼帽的红脸男人挤到了人群的前面。

"嗨！警官，"他说，"她骑的是我的马，这辆被她撞成碎片的马车也是我的。"

"一个一个说，拜托！一个一个说。"警察说。

"可是来不及了。"马车夫说，"我比你更了解这匹马。它不是一匹普通的马。它爸爸当年是骑兵军官的战马，是的。如果那个年轻女人一个劲儿地刺激它，是会出人命的。快，让我把它抓住。"

警察巴不得有个充分的理由站得离马远一点呢。马

车夫往前跨了一步,抬头看着佳蒂丝,用并无恶意的声音说道:

"好了,小姐,让我来管教它,你就下来吧。你是一位女士,不希望被这些粗人欺负,对不对?你需要回家去,喝一杯好茶,安安静静地躺下来,然后你就会感觉舒服多了。"说着,他把一只手伸向马头,嘴里说道:"稳住,草莓,老伙计。稳住。"

这时,女巫第一次开口说话了:

"狗奴才!"她冰冷而清脆的声音传来,盖过了所有其他声音,"狗奴才,放开我们的皇家战马。我是佳蒂丝女王。"

第8章 灯柱旁的打斗

"嗬！女王，是吗？让我们瞧瞧吧。"一个声音说。接着另一个声音说："为科尔尼的女王三呼万岁。"许多人也跟着嚷嚷起来。女巫脸上泛起红晕，不易察觉地鞠了鞠躬。可是欢呼声变成了哄堂大笑，她才知道他们只是在拿她取笑。她顿时脸色一变，把刀换到了左手。然后，没有任何征兆地，她做了一件特别可怕的事。她轻松随意地——仿佛那是世界上最稀松平常的事——伸出她的右臂，拧下了灯柱上的一根横杆。她在我们的世界里也许失去了一些魔法力量，但她的力气丝毫未减。她咔嚓一下折断一根铁棒，就像折断一根麦芽糖一样。她把这件新武器抛向空中又用手接住，然后挥舞着它催

马前进。

"我的机会来了。"迪戈里想。他冲到马和栏杆之间，开始往前移动。如果马能站定一会儿就好了，他就可以抓住女巫的脚后跟。就在他冲过去时，听到了令人揪心的撞击声和一声闷响。女巫把铁棒砸在了那名警官的头盔上，警官像一根九柱戏里的木柱一样倒了下去。

"快，迪戈里。必须阻止这件事。"一个声音在他身边说。是波丽，她刚被允许下床，就赶紧冲了过来。

"你真棒。"迪戈里说，"快抓紧我。你负责戴戒指。记住，是黄戒指。等我喊了再戴。"

又是一记撞击声，另一名警察倒下了。人群中传出愤怒的吼叫："快把她拉下来。拿几块铺路石来。召集军队过来。"但大多数人都尽可能躲得远远的。那个马车夫显然是在场的人中最勇敢、最善良的，他一直紧跟在马的身边，左躲右闪地避开铁棒，始终想去抓住草莓的头。

人群又发出一阵嘘声和吼叫。一块石头从迪戈里头顶上呼啸而过。接着传来女巫的声音，像大钟一样嘹亮，听上去她似乎高兴起来了。

"人渣！等我征服了你们的世界，你们会为此付出沉重的代价。你们的城市连一块石头也不会剩下。我要把它变成查恩、费琳达、索洛瓦、布拉曼丁。"

迪戈里终于抓住了她的脚踝。她脚后跟往后一踢，踢中了迪戈里的嘴巴。他痛得松开了手。他嘴唇被踢破了，嘴里都是血。从很近的地方传来安德鲁舅舅的声音，是一种颤抖的尖叫。"夫人——我亲爱的小姐——看在上帝的分儿上——请镇静一些。"迪戈里又去抓女巫的脚后跟，又被踢开了。又有更多的人被铁棒击倒。他第三次出手，抓住了女巫的脚后跟，立刻死死地抓住不放，同时对波丽喊道："走！"接着，谢天谢地，那些愤怒、恐惧的面孔消失了，那些愤怒、恐惧的声音也听不见了，只剩下了安德鲁舅舅的声音。黑暗中，这声音紧挨着迪戈里身边哀叫着："哦，哦，这是精神错乱吗？是世界末日吗？我受不了啦。这不公平。我从没想过要做魔法师。这一切都是误会。都怪我那个教母，我必须对此提出抗议。而且我的健康状况这么差。我们可是多塞特郡的一个显赫世家啊。"

"讨厌！"迪戈里想，"我们不想把他带来的。天哪，真够乱的。波丽，你在吗？"

"在，我在这里。不要一直推我。"

"我没推你。"迪戈里说，可是没等他再说什么，他们的脑袋就露出水面，进入了那片温暖的、阳光普照的绿色树林里。他们跨出水潭时，波丽叫道：

"哦，看！我们把那匹老马也带来了。还有凯特利先生。还有马车夫。真是一团糟啊！"

女巫看到自己又回到了树林里，顿时脸色煞白，她俯下身子，脸碰到了马的鬃毛。可以看出她感到非常难受。安德鲁舅舅也浑身发抖。但是那匹叫草莓的马晃了晃脑袋，发出欢快的嘶鸣声，似乎感觉舒坦多了。自从迪戈里见到它之后，它第一次安静下来。它的耳朵本来一直贴在脑袋上，现在回到了正常位置，它眼睛里的怒火也熄灭了。

"这就对了，老伙计。"马车夫拍着草莓的脖子说，"这就好多了。放轻松。"

草莓做了世界上最自然的事。它非常口渴（这也难

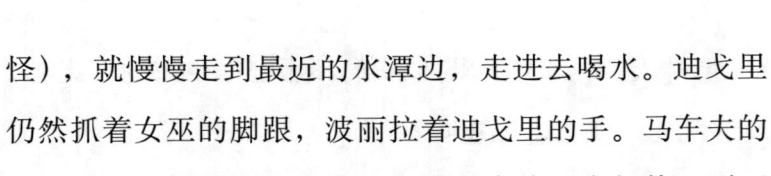

怪），就慢慢走到最近的水潭边，走进去喝水。迪戈里仍然抓着女巫的脚跟，波丽拉着迪戈里的手。马车夫的一只手放在草莓身上，安德鲁舅舅身体还在打战，刚巧抓住了马车夫的另一只手。

"快。"波丽说，看了迪戈里一眼，"绿戒指！"

马没能喝到水，这群人立刻都发现自己陷入了黑暗中。草莓在嘶鸣，安德鲁舅舅在呜咽。迪戈里说："运气真不错。"

短暂的停顿之后，波丽说道："我们不是应该快到了吗？"

"好像已经到了什么地方。"迪戈里说，"至少我是站在坚实的东西上了。"

"啊，现在仔细一想，我也是。"波丽说，"可是为什么这么黑呢？喂，你说我们是不是进错了水潭？"

"这里也许是查恩。"迪戈里说，"只不过我们是半夜回来的。"

"这里不是查恩。"女巫的声音传来，"这是一个空空的世界。这是虚无界。"

确实很像虚无界。没有星星。四下里一片漆黑，他们完全看不见彼此，闭着眼睛和睁着眼睛没有什么区别。脚下是一片凉爽而平坦的东西，可能是泥土，肯定不是草地或树林。空气又冷又干，一丝风也没有。

"我的厄运降临了。"女巫用平静得可怕的声音说。

"哦，别这么说。"安德鲁舅舅含混地唠叨着，"我亲爱的小姐，请不要这样说。不可能那么糟的。啊——马车夫——我的好人——你身上没有碰巧带着酒瓶吧？我需要喝口烈酒。"

"好了，好了。"马车夫的声音传来，是一种善良、坚定、刚毅的声音，"要我说，大家都保持冷静。没有人摔断骨头吧？很好。马上就有一件值得庆幸的事啦，那是在我们坠落这么久之后绝对想不到的。要我说，如果我们是掉进了一个深坑——比如一个新修的地铁站——很快就会有人来把我们救出去的，瞧着吧！如果我们死了——我不否认有这种可能——好吧，你们别忘了在海上会发生更可怕的事，而且人总有一死的嘛。只要活的时候体体面面，就没什么好害怕的。如果你问我，我认为我们打发时间的最好办法就是唱一首赞美诗。"

于是他就唱了。他唱了一首感谢丰收的赞美诗，讲的是把庄稼"安全地收割"。这地方似乎完全就是一个不毛之地，唱这首歌并不合适，但这是他记得最清楚的一首歌。他有一副好嗓子，两个孩子也跟着唱了起来，歌声非常令人振奋。安德鲁舅舅和女巫没有唱。

赞美诗快唱完时，迪戈里感到有人在拉他的胳膊肘，他闻到了白兰地、雪茄和华丽衣服的气味，知道那一定是安德鲁舅舅。安德鲁舅舅小心翼翼地把迪戈里从其他人身边拉开。走出一段距离后，老人把嘴凑向迪戈里的耳朵，他凑得太近，男孩耳朵都发痒了，他低声说：

"现在，我的孩子。戴上戒指，我们赶紧走吧。"

但是女巫的耳朵很尖。"傻瓜！"传来她的声音，她从马上跳了下来，"你忘记了我能听到人的思想吗？放开那个男孩。如果你想背叛我，我会用所有的世界都闻所未闻的方式报复你。"

"还有，"迪戈里接着说，"如果你认为我是一个卑鄙

小人，只想自己离开，把波丽——还有马车夫——还有那匹马——留在一个这样的地方，你就大错特错了。"

"你是个非常淘气、无礼的小男孩。"安德鲁舅舅说。

"嘘！"马车夫说。大家都侧耳细听。

黑暗中终于有了动静。一个声音开始唱歌。声音离得很远，迪戈里很难判断它是从哪个方向传来的。有时它似乎同时来自四面八方。有时他甚至认为是从脚下的土地里传出来的。它的声音那么低沉，就像大地本身的声音。没有歌词。甚至没有曲调。但这是他听过的最美妙的声音，无与伦比。它太美了，他简直无法不动容。那匹马似乎也很喜欢，它发出一种欢快的嘶鸣，就像一匹马在拉了许多年车之后发现自己又回到了家乡的田野，回到了它是小马驹时曾经玩耍过的地方，看见了一个记忆中的、它当年爱过的人从田野上走来，给它带来一块糖。

"天哪！"马车夫说，"太美妙了，是不？"

接着，两个奇迹同时发生了。一是又有其他声音汇入了这个声音，数不清的声音。它们与它十分和谐，但

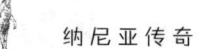

音量要高得多,是一些寒冷、震颤、银铃般的声音。第二个奇迹是,头顶上的黑暗突然变得群星闪耀,星星并不是像夏天的夜空那样一颗接一颗地悄悄冒出来。刚才还是一片漆黑,什么也没有,突然之间就有千千万万个光点一起跳了出来——每一个恒星、星座和行星,都比我们世界的任何星星更亮、更大。空中没有云。新的星星和新的声音是同时出现的。如果你像迪戈里那样亲眼看到、亲耳听到,准会认为那是星星们自己在唱歌,而且是那低沉的"第一个声音"让它们出现和歌唱的。

"多么奇妙啊!"马车夫说,"如果我早知道世界上

有这样的美事，一定会成为一个更好的人。"

地上的那个声音越来越响亮，越来越昂扬，但天空中的那些声音在跟着它一起大声唱了一段时间之后，逐渐变得微弱了。这时又发生了另一件事。

远处，在靠近地平线的地方，天空开始变成灰色。一阵十分清新的微风吹来，那地方的天空慢慢地变得越来越白。在它的映衬下，可以看到群山黑黢黢的轮廓。那声音一直在歌唱。

很快，天色亮了起来，他们看见了彼此的脸。马车夫和两个孩子张着嘴，目光炯炯。他们陶醉在这声音里，恍惚间似乎想起了什么。安德鲁舅舅的嘴巴也张着，但不是因为喜悦。他看上去更像是下巴从脸上掉了下来。他的肩膀耷拉着，膝盖发抖。他不喜欢那个声音。如果他能钻进一个老鼠洞逃走，肯定会那么做的。但是在某种程度上，女巫却似乎比其他人更能理解这种音乐。她闭着嘴，抿紧双唇，攥起了两个拳头。自从这首歌响起来之后，她就觉得这个世界充满了魔法，这种魔法与她的魔法不同，力量更强大。她憎恨它。只要能让歌声停止，她不惜把整个世界，甚至所有的世界都砸得粉碎。那匹马站在那里，耳朵向前竖着，微微抽动。它不时地喷个鼻息，用脚跺着地面。它不再像一匹身心疲惫的拉车的老马，现在，你完全可以相信它的爸爸当年曾在战场上驰骋。

东方的天空从白色变成粉红色，又从粉红色变成金色。那声音越来越高，最后整个空气都随着它颤抖。就在音量攀升到最强大、最辉煌的高度时，太阳升起来了。

迪戈里从未见过这样的太阳。查恩废墟高空的太阳看上去比我们的太阳古老，而这个太阳似乎很年轻。你可以想象它冉冉升起的时候在开怀大笑。当它把光芒洒向大地时，几个旅行者第一次看清了他们所处的地方。这是一个山谷，一条湍急的大河蜿蜒流过，向着东边的太阳奔腾而去。往南是山脉，往北是一些低矮的山丘。但是这片山谷里只有泥土、岩石和水，看不见一棵树、一丛灌木，也看不见一片小草。土地五颜六色，那些色彩是新鲜、炽热、夺目的，让你感到兴奋。接着，你看到了那位歌唱者，顿时忘记了其他的一切。

那是一头狮子。体型庞大，毛发浓密，浑身熠熠生辉，他面对初升的太阳，站在大约三百码开外，正张着嘴大声歌唱。

"这是一个可怕的世界。"女巫说，"我们必须马上逃走。快准备魔法。"

"我完全同意，夫人。"安德鲁舅舅说，"真是个极其讨厌的地方。完全是蛮荒之地。如果我是个年轻人，手里有一把枪——"

"枪！"马车夫说，"你不会以为你能一枪打死他吧？"

"谁会有那本事？"波丽说。

"快准备魔法，老笨蛋。"佳蒂丝说。

"没问题，夫人。"安德鲁舅舅狡猾地说，"必须让两个孩子都碰到我。迪戈里，赶紧戴上你那枚回家的戒指。"他想丢下女巫逃走。

"哦，是戒指，对吗？"佳蒂丝叫道。她想出其不意地把手伸进迪戈里的口袋，但迪戈里一把抓住波丽，大声喊道：

"当心。你们俩谁敢再靠近半英寸，我们俩就立即消

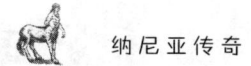

失，然后你们就会永远留在这里。是的，我口袋里有一枚戒指，可以带我和波丽回家。看！我的手已经做好了准备。所以保持距离。我为你感到遗憾（他看着马车夫），也为那匹马感到遗憾，可是我没有办法。至于你们两个（他看着安德鲁舅舅和女王），你们都是魔法师，一起住在这里应该很开心。"

"大家别吵吵了。"马车夫说，"我想听音乐。"

此时歌曲的调子已经变了。

第9章 纳尼亚的创立

狮子在这片空旷的土地上走来走去,唱着他的新歌。跟他刚才召唤星星和太阳的那首歌相比,这首歌更柔和、更轻快,是一种轻盈欢快的乐音。随着他边走边唱,山谷逐渐变得绿草茵茵。草地如同一个水潭从狮子身边蔓延开来,像波浪一样奔上小山丘的山腰。几分钟后,它就爬上了远山的低矮山坡,使这个年轻的世界每分每秒都变得柔美起来。此刻,可以听到微风沙沙地吹拂草地。不一会儿,除了青草还出现了其他景象。较高的山坡上长满了石南,看上去黑乎乎的。山谷里有了一片片更为粗糙和茂密的绿色。迪戈里起先不知道那是什么,直到一片绿色在离他很近的地方出现。那是一种带尖刺的小东西，它一下子伸出几十条手臂，并用绿色把它们包裹，还以每两秒一英寸的速度生长。现在他周围有了几十棵这样的植物。当它们长到跟他差不多高时，他才看清了是什么。"是树！"他惊叫道。

讨厌的是——用波丽后来的话说——你不能安安静静地欣赏这一切。"是树！"两个字刚一出口，迪戈里就不得不跳了起来，因为安德鲁舅舅又悄悄凑到他身边，准备掏他的口袋了。即使安德鲁舅舅偷到了戒指，也不会对他有什么好处，因为他瞄准的是右边口袋，他仍然认为绿戒指是"回家的"戒指。当然，这两种戒指迪戈里都不想失去。

"住手！"女巫叫道，"退后。不，再退后一些。如果谁敢靠近这两个孩子少于十步，我就砸烂他的脑袋。"她用手比画着从灯柱上掰下来的大铁棒，准备扔出去。似乎没有人怀疑她会扔得很准。

"怎么着！"她说，"你想带着男孩偷偷溜回到你自己的世界，把我留在这里吗？"

安德鲁舅舅的火气终于战胜了他的恐惧。"是的，

夫人，没错。"他说，"毫无疑问我就想那么做。我完全有这个权利。我遭受了最耻辱、最恶劣的虐待。我尽我自己的能力对你以礼相待。结果得到了什么报答呢？你抢劫了——我必须把这个词再说一遍——你抢劫了一个德高望重的珠宝商。你还一定要我招待你吃一顿非常昂贵，而且非常奢侈的午餐，为此我不得不典当了我的手表和表链（告诉你吧，夫人，我家没有人习惯于经常光顾典当铺，除了我那个在骑兵队的堂兄爱德华）。那是一顿很难消化的午餐——此刻我觉得肚子更难受了——就餐期间，你的言谈举止引起了在场所有人的不满。我觉得我在大庭广众之下丢了脸。我永远不能再在那家餐馆露面了。你袭击了警察，还偷了——"

"别说话了，先生，别说话了。"马车夫说，"眼下只需要看和听，不要说话。"

可以看和听的东西实在太多了。迪戈里刚才留意的那棵树，此刻已长成一棵成熟的山毛榉，树枝在他头顶上轻轻摇曳。他们站在凉爽、翠绿的草地上，其间开着星星点点的雏菊和金凤花。不远处的河岸边，柳树正在生长。河对岸，一簇簇盛开的醋栗、丁香、野玫瑰和杜鹃花在蔓延。那匹马大口大口地吃着清香的嫩草。

在这段时间里，狮子一直在歌唱，并威严地来回走动。令人不安的是，他每拐一个弯就离他们更近了一点。波丽觉得那首歌越来越有趣了，她仿佛明白了歌声和正在发生的事情之间的联系。当一百米外的山脊上长出一排黑色的冷杉树时，波丽觉得它们跟一秒钟前狮子唱的那一组拖长的低音有关系。当狮子突然唱出一连串轻快的音符时，波丽并不惊讶地看到樱草花突然在四面八方出现。因此，她怀着一种说不出的激动，相信眼前的万事万物都是（就像她说的）"从狮子脑袋里诞生出来的"。你聆听他的歌声，就听到了他正在创造的东西；而当你环顾四周时，就亲眼看到了它们。这多么令人兴奋啊，波丽根本就顾不上害怕。可是迪戈里和马车夫忍不住感到有点紧张，因为狮子每拐一个弯，都离他们更近一些。至于安德鲁舅舅，他的牙齿嘚嘚打战，无奈两个膝盖直发抖，他想跑也跑不掉。

突然，女巫大胆地向狮子走了过去。狮子迈着缓慢

而沉重的步伐走来，嘴里一直唱着歌。只有十二米远了。女巫扬起胳膊，把铁棒直朝狮子的脑袋扔去。

距离这么近，没有人会打偏，女巫佳蒂丝就更不在话下了。铁棒打中了狮子的眉心，它斜飞出去，砰的一声落在草地上。狮子继续往前走。步子既没有比刚才慢，也没有比刚才快，你甚至看不出他是否知道自己被击中了。他柔软的大脚掌没有发出声音，但是你能感觉到大地在它们的重压下震动。

女巫尖叫着跑开，片刻之后就消失在了树林里。安德鲁舅舅转身也想逃跑，却被树根绊了一下，脸朝下摔在了一条流下来汇入大河的小溪里。两个孩子无法移动。他们甚至不确定自己想不想移动。狮子没有理会他们。他红色的大嘴张开着，但不是为了咆哮，而是为了唱歌。他从他们身边经过时离得那么近，他们一伸手就能碰到他的鬃毛。他们非常害怕他会转过身来看他们，却又莫名地希望他这么做。他虽然注意到了他们，但似乎他们是隐形的，没有气味的。他经过他们身边后又向前走了几步，然后转了个身，又从他们身边经过，继续向东走去。

安德鲁舅舅咳嗽着，呸呸地吐着唾沫，挣扎着站了起来。

"现在，迪戈里，"他说，"我们已经摆脱了那个女人，那头野狮子也不见了。快把手给我，赶紧戴上戒指。"

"走开。"迪戈里说着，往后退了几步，"离他远点儿，波丽。到我身边来。现在我警告你，安德鲁舅舅，不许再靠近一步，不然我们就立刻消失。"

"听着，马上照我说的做。"安德鲁舅舅说，"你是个非常不听话、不守规矩的小男孩。"

"你休想。"迪戈里说，"我们要留下来看看会发生什么。我还以为你很想了解别的世界呢。现在到了这里，你不喜欢吗？"

"喜欢？！"安德鲁舅舅激动地叫道，"看看我现在的样子吧。这可是我最好的外套和马甲啊。"他此刻的状态确实很糟糕。这是因为，如果你一开始打扮得越华丽，那么当你从一辆被撞烂的马车里爬出来，又跌进一条泥泞的小溪之后，你的形象就会越狼狈。"我没有说这不是一个最有趣的地方。"他又说道，"如果我现在是个年

轻人——也许我可以先弄个活跃的小伙子上这儿来试试。比如那种出色的猎人。这个国家可能有一些可取之处。气候宜人,我从未感受过这样的空气。我相信这对我肯定有好处,如果——如果情况更有利一些的话。我们要是有一把枪就好了。"

"去他的枪吧。"马车夫说,"我想去看看能不能给草莓擦洗擦洗。这匹马比我能提到的某些人还要懂事。"他走回草莓身边,弄出了擦洗马匹的唰唰声。

"你还认为那头狮子能被一枪打死吗?"迪戈里问,"他根本没拿那根铁棒当回事儿。"

"那女人虽说有那么多缺点,"安德鲁舅舅说,"却是个勇敢的姑娘,孩子。能做出那种事,胆量可真不小。"他搓着双手,把指关节捏得叭叭响,好像又忘记了女巫真的在身边时他是怎样吓得心惊肉跳的。

"她那么做很歹毒。"波丽说,"狮子怎么伤害她了?"

"咦!那是什么?"迪戈里问。他冲上前去,查看几米之外的什么东西。"哎呀,波丽。"他回头叫道,"快过来看。"

安德鲁舅舅也跟着波丽过来了，他不是想看个究竟，而是想离两个孩子近一点，这样就有机会偷到他们的戒指。可是当他看到迪戈里在看什么时，他也产生了兴趣。那是一个完美的灯柱小模型，大约三英尺高，可是就在他们注视的当儿，灯柱正在按比例变长变粗。事实上，它正在像那些树一样生长。

"它也是活的——我的意思是它是亮着的。"迪戈里说。确实如此。当然，明亮的阳光很难使人看清灯柱里的火苗，除非你的影子把阳光遮住。

"精彩，极为精彩。"安德鲁舅舅喃喃地说，"就连我也做梦都没想到这样的魔法。我们目前所在的这个世界，所有的东西，哪怕是一个灯柱，都是活的，都在生长。我真想知道灯柱是从一颗什么样的种子里长出来的。"

"你还不明白吗？"迪戈里说，"这里就是那根铁棒掉落的地方——那女人在家时从灯柱上掰下来的铁棒。它沉到地底下，长出了一根小灯柱。"（它现在已经没那么小了，就在迪戈里说这番话时，灯柱就和他一样高了。）

"没错！令人惊叹，令人惊叹。"安德鲁舅舅说，比刚才更使劲地搓着双手，"嗬，嗬！他们嘲笑我的魔法。我那个傻瓜妹妹以为我是个疯子。不知道他们现在会怎么说？我发现了一个万物都充满生机、蓬勃生长的世界。哥伦布，他们现在口口声声谈论哥伦布。但美洲大陆跟这里相比算得了什么？这个世界具有无限的商业潜力。只要把一些旧铁屑带到这里埋起来，它们就会变成崭新的火车头、巡洋舰，变成你喜欢的任何东西。不需要一分钱成本，然后我就可以在英国全价出售。我会成为百万富翁。还有这里的气候！我已经感觉自己年轻了好几岁。我可以把这里经营成一个疗养胜地。这里的一所高级疗养院一年能赚两万英镑。当然啦，我得让一些人知道这个秘密。第一件事是把那个畜生给毙掉。"

"你跟那个女巫没什么两样。"波丽说，"满脑子想的都是杀戮。"

"至于我自己嘛。"安德鲁舅舅做着幸福的美梦，继续说道，"如果我在这里定居，天知道我能活多久。对于一个年过六十的人来说，这是很值得考虑的一件事。我在这个世界哪怕一天也不再变老，我也不会感到惊讶！实在令人惊叹！青春的国度！"

"哦！"迪戈里叫道，"青春的国度！你真的这样认为吗？"不用说，他想起了蕾蒂姨妈对那个送葡萄的女人说的话，那份美好的希望又涌上了他的心头。"安德鲁舅舅，"他说，"你认为这里有什么东西能治好我妈妈的病吗？"

"你在说什么呀？"安德鲁舅舅说，"这里又不是药店。但就像我刚才说——"

"你根本就不关心她。"迪戈里气愤地说，"我还以为你会关心呢，毕竟她不仅是我的妈妈，也是你的妹妹。好吧，没关系。我这就直接去问问狮子本人，看他能不能帮助我。"说完，他转身快步地走开了。波丽等了一会儿，也跟了过去。

"喂！停下！回来！这孩子疯了。"安德鲁舅舅说。他跟在孩子们后面，小心翼翼地保持着一段距离。他不想离绿戒指太远，又不想离狮子太近。

几分钟后，迪戈里来到树林边，停住了脚步。狮子

还在唱歌。但现在歌声又变了，更像是我们所说的那种歌曲，但是调子狂野得多。它让你听了想要跑、想要跳、想要往上爬。它让你想要大喊大叫。想要冲向其他人，或拥抱他们，或与他们决斗。它让迪戈里感到脸红心跳。它对安德鲁舅舅也起了作用，因为迪戈里听得见他说："一个有胆量的姑娘，没错。美中不足的是她的脾气，但她仍然是一个漂亮女人，一个漂亮女人。"然而，跟这首歌对这个世界的影响比起来，它对这两个人的影响根本不值一提。

你能想象大片的草地像一锅开水一样沸腾吗？这是对眼前发生的一幕最生动的形容了。四面八方都出现了一个个鼓包。它们大小各不相同，有的跟鼹鼠丘差不多大，有的像手推车那么大，还有两个和小木屋一样大。那些鼓包在移动、在膨胀，最后爆裂开来，一大堆碎土喷涌而出，每个鼓包里都出现了一个动物。鼹鼠从鼓包里出现了，跟你在英国看到的从土里钻出来的鼹鼠一样。狗也出现了，它们的脑袋一出土就开始汪汪叫，身子扭动着，就像你看到从树篱的窄缝里钻出来的狗一样。牡

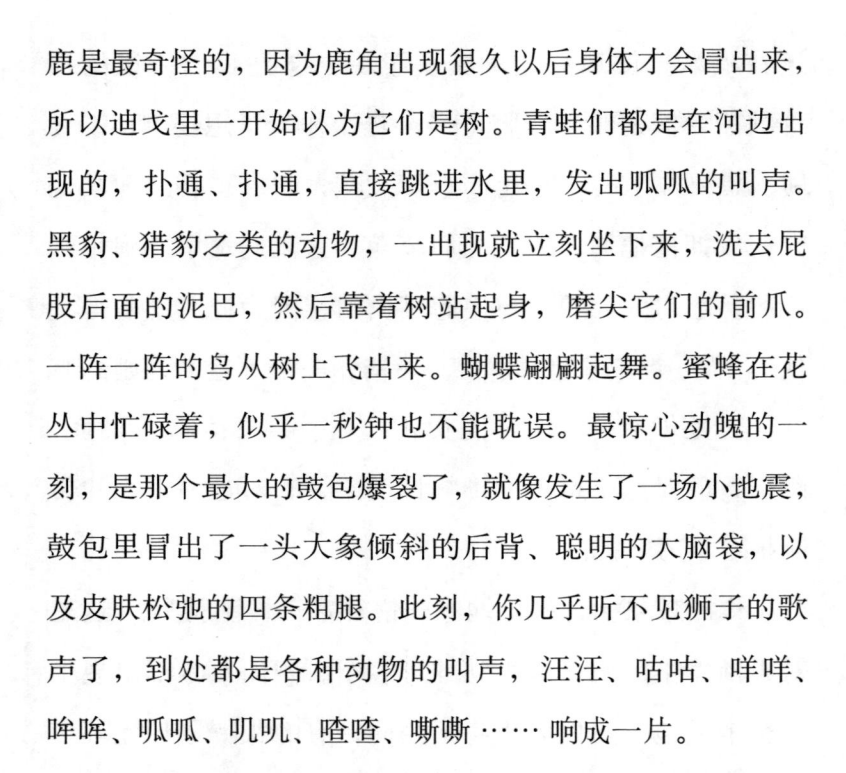

鹿是最奇怪的，因为鹿角出现很久以后身体才会冒出来，所以迪戈里一开始以为它们是树。青蛙们都是在河边出现的，扑通、扑通，直接跳进水里，发出呱呱的叫声。黑豹、猎豹之类的动物，一出现就立刻坐下来，洗去屁股后面的泥巴，然后靠着树站起身，磨尖它们的前爪。一阵一阵的鸟从树上飞出来。蝴蝶翩翩起舞。蜜蜂在花丛中忙碌着，似乎一秒钟也不能耽误。最惊心动魄的一刻，是那个最大的鼓包爆裂了，就像发生了一场小地震，鼓包里冒出了一头大象倾斜的后背、聪明的大脑袋，以及皮肤松弛的四条粗腿。此刻，你几乎听不见狮子的歌声了，到处都是各种动物的叫声，汪汪、咕咕、咩咩、哞哞、呱呱、叽叽、喳喳、嘶嘶……响成一片。

迪戈里虽然听不见狮子的声音，但是能看见他。他是那么庞大，那么耀眼，迪戈里简直无法把目光从他身上移开。其他动物似乎并不害怕他。就在这时，迪戈里听到身后传来了马蹄声。一秒钟后，那匹拉车的老马从他身边小跑过去，加入了其他动物的行列。（显然这里的空气不仅适合安德鲁舅舅，也适合它。它看上去不再

是伦敦那个可怜的老奴隶了,它此刻腿脚轻盈,脑袋昂得高高的。)这时,狮子第一次完全沉默了。他在动物们中间走来走去。每隔一段时间他就会走到两只动物面前(每次总是两只),用鼻子触碰它们的鼻子。他会在所有的河狸中触碰两只河狸,在所有的豹子中触碰两只豹子,在所有的鹿中触碰一只雄鹿和一只雌鹿,而忽略其余的动物。有几种动物他完全没有理会。但是,他触碰过的那些成双成对的动物立刻就离开自己的同类,跟着他一起走。最后狮子站住了,所有他触碰过的动物都走过来,在他周围站成一大圈。那些他没有触碰过的动物则慢慢地走开了。它们的声音逐渐在远处消失。被选中留下来

的动物们此刻彻底沉默了,都聚精会神地用眼睛盯着狮子。猫科动物们偶尔会抽动一下尾巴,但身体其他部位完全静止。那天,四下里第一次变得鸦雀无声,只听见潺潺的流水声。迪戈里的心狂跳不止。他知道有一件非常重要的事情即将发生。他没有忘记妈妈,但是他心里非常清楚,即使是为了妈妈,他也不能打断这样的场合。

　　狮子眼睛一眨也不眨,专注地盯着那些动物,似乎要用他的凝视让它们燃烧起来。渐渐地,动物们发生了一种变化。小个子的动物——兔子、鼹鼠之类——变大了许多。大块头的动物——最明显的是大象——变得小了一些。许多动物直着身子坐在后腿上。大多数动物都把脑袋歪向一边,似乎在努力地理解什么。狮子张开嘴,但没有发出声音。他呼出一口长长的、热乎乎的气体,似乎能摇动所有的动物,就像风吹动一排树木一样。在头顶上遥远的地方,在像青纱一样遮住群星的蓝天后面,星星又唱起歌来,那是一种纯净、清冷、深奥难解的乐音。接着,不知是从天空还是从狮子身上,突然闪过一道火光(但没有烧到任何人),于是两个孩子身

体里的每一滴血都在悸动,他们听到一个最深沉、最狂野的声音说道:

"纳尼亚,纳尼亚,纳尼亚,醒来吧。去爱。去思考。去说话。成为会走的树。成为会说话的动物。成为神圣的水。"

第10章 第一个笑话及其他

不用说，那是狮子的声音。两个孩子早就觉得他肯定会说话，可是当他真的说话时，他们都震惊了，感到既兴奋，又有些可怕。

从树林里走出了一些原始的居民，他们是森林里的男神和女神，和他们在一起的还有农牧神、森林之神和矮人。河神从河里浮了上来，带着他的女儿——水中仙女们。所有这些神灵和所有那些鸟兽，都用它们不同的声音——或高或低，或含混或清晰——回答道：

"嗨，阿斯兰。我们听到并服从。我们醒来了。我们爱。我们思考。我们说话。我们知道。"

"可是，我们知道的还不多。"一个爱刨根问底、有

点令人讨厌的声音说。两个孩子吓了一跳,因为说话的正是那匹拉车的马。

"好样儿的草莓。"波丽说,"我真高兴它被选为会说话的动物之一。"马车夫此刻站在两个孩子身边,说道:"我可真是吃惊不小。不过,我总觉得那匹马很有些头脑。"

"动物们,我让你们获得自由。"阿斯兰的声音嘹亮而充满喜悦,"我把纳尼亚这片土地永远赐予你们。我赐予你们树林、果实、河流。我赐予你们星星,也把我自己赐予你们。那些我没有挑选的哑巴动物也属于你们。要善待它们、珍惜它们,但是千万不要再变得跟它们一样,那样你们就不再是'会说话的动物'了。因为你们是从它们中间选出来的,也会重新回到它们中间。希望你们不要那样。"

"不,阿斯兰,我们不会的,我们不会的。"一只神气十足的寒鸦又大声加了一句"绝不会的!"它是大家说完后才说这句话的,所以在一片寂静中显得格外清晰。也许你已经知道那有多尴尬了——比如在一个派对上。寒鸦非常难为情,把脑袋藏在翅膀底下,好像要睡觉似的。其他动物都开始发出各种奇怪的声音,那是它们大笑的方式,在我们这个世界里当然是没有人听到过的。一开始它们还想拼命忍着,但阿斯兰说:

"尽情地笑吧,不要害怕,生灵们。既然你不再是哑巴,不再愚笨,就不用总是保持严肃了。因为语言不仅带来正义,还带来笑话。"

于是它们都完全放开了。在这样欢乐的气氛中,那只寒鸦又鼓起勇气,飞到拉车的马的头顶上,停在它的两个耳朵中间,拍着翅膀说道:

"阿斯兰!阿斯兰!我刚才说了第一个笑话吗?以后大家都会知道我是怎么说第一个笑话的吗?"

"不,小朋友。"狮子说,"你不是说了第一个笑话,而只是成了第一个笑话。"大家笑得更厉害了;可是寒鸦并不介意,也呱呱地放声大笑,后来马晃了晃脑袋,它就失去平衡,摔了下去,但在落地前它突然想起自己还有一对翅膀(它们是刚长出来的)。

"如今,"阿斯兰说,"纳尼亚建立了。接下来我们必须考虑的是保证它的安全。我会召集你们中间的几位组

成一个委员会。到我这里来吧,你,矮人酋长;你,河神;还有你,橡树猫头鹰;还有两只渡鸦和那头公象。我们必须一起商量一下。虽然这个世界刚诞生不到五个小时,但已经有一个恶魔进来了。"

他叫到的那些动物走上前去,他便带着它们转身往东走去了。其他动物七嘴八舌地开始议论起来:"他说什么东西进了这个世界?——一个二魔——二魔是什么?——不,他说的不是'二魔',是'矮魔'——咦,那是什么呢?"

"听着,"迪戈里对波丽说,"我必须去追他——我说的是追狮子阿斯兰。我必须和他谈谈。"

"你认为可以吗?"波丽说,"我可不敢。"

"我一定要去。"迪戈里说,"是为了我妈妈。如果有谁能给我一些对妈妈有帮助的东西,那一定就是阿斯兰了。"

"我跟你一起去。"马车夫说,"我喜欢他的样子。我认为那些动物不会把我们怎么样。我想跟老草莓说几句话。"

于是，他们三个大胆地——或者说尽可能大胆地——朝那群动物走去。动物们都忙着聊天、交朋友，直到三个人走得很近了才注意到他们。它们也没有听到安德鲁舅舅的动静，他穿着带纽扣的靴子，站在老远的地方瑟瑟发抖，嘴里喊着（但绝对不敢放开嗓门）：

"迪戈里！回来！叫你回来就马上回来。我不许你再往前走一步。"

三个人终于走到了动物中间，动物们都停止了说话，盯着他们看。

"咦？"雄河狸终于开口了，"阿斯兰在上，这几个是什么东西？"

"对不起——"迪戈里气喘吁吁，刚要说话，一只兔子突然说道："我认为他们是一种大莴苣。"

"不，我们不是莴苣，真的不是。"波丽急忙说，"我们一点儿都不好吃。"

"听！"鼹鼠说，"他们会说话呢。谁听说过会说话的莴苣？"

"也许他们是第二个笑话。"那只寒鸦说。

一只黑豹正在洗脸,这时停住手说道:"我说,如果他们是个笑话,根本比不上第一个笑话精彩。至少我看不出他们有什么好笑的地方。"它打了个呵欠,继续洗脸。

"哦,对不起。"迪戈里说,"我很着急。我想见见狮子。"

马车夫一直想吸引草莓的目光,现在终于做到了。"喂,草莓,老伙计。"他说,"你认识我。你不会站在那儿说你不认识我吧。"

"那东西在说什么,马儿?"几个声音问。

"嗯,"草莓慢悠悠地说,"我也不太清楚,可能我们大多数人都还不太了解情况。但我好像以前见过类似的东西。我有一种感觉,似乎在阿斯兰刚才把我们都叫醒之前,我住在另外一个地方——或曾经是另外一种东西。一切都模糊不清。就像一场梦。但那梦里也有这三个家伙。"

"什么?"马车夫说,"你不认识我?你夜里不舒服的时候,我给你送来热乎乎的土豆泥!我把你全身擦得干干净净!你如果站在冷天里,我从来没有忘记给你盖上罩布！我真想不到你会这样，草莓。"

"我确实开始想起来了。"马若有所思地说，"是的。让我想想，让我想想。是的，你经常把一个可恶的大黑家伙绑在我的身后，然后打我，催我快跑，不管我跑多远，那个大黑家伙总是嘎啦嘎啦地跟在后面。"

"我们要挣钱养活自己呀。"马车夫说，"你和我一样都得活命。如果不干活，不挨鞭子，就不会有马厩，就不会有干草，也不会有土豆泥和燕麦。我买得起燕麦的时候，你是尝过燕麦的味道的，这谁都不能否认。"

"燕麦？"马说着，竖起了耳朵，"是的，说到燕麦，我想起了一些事。是的，我想起的事情越来越多了。你总是在后面坐着，我总是在前面跑，拉着你和那个大黑家伙。我知道所有的活儿都是我干的。"

"夏天是这样，我承认。"马车夫说，"你干活很热，我坐着很凉快。可是冬天呢，老伙计，你跑得身上热乎乎的，而我却坐在后面，脚冻得跟冰坨子一样，鼻子差点儿被风刮掉，手也冻僵了，几乎连缰绳都抓不住。"

"那是一个苦难而冷酷的国家。"草莓说，"没有草，

都是硬邦邦的石头。"

"太对了,伙计,太对了!"马车夫说,"那是个苦难的世界。我总是说那些铺路石对马不公平。那里是伦敦,没错。我跟你一样不喜欢它。你是一匹乡下的马,我是一个庄稼汉。在老家的时候,我曾在唱诗班里唱歌。但我在那里养不活自己。"

"哦,拜托,拜托。"迪戈里说,"我们可以继续往前走了吗?狮子越走越远了。我真的非常想跟他说话。"

"你看,草莓。"马车夫说,"这个年轻人心里有点事情想跟狮子谈谈,就是你们说的那个阿斯兰。也许你愿意让他骑在你背上(他会很感激你的),小跑着把他带到狮子那里去。我和小女孩就跟在后面走。"

"骑?"草莓说,"哦,我想起来了。意思是坐在我的背上。我想起很久以前,有一个你们这种两条腿的小家伙经常这样做。他给我吃过一些白白的、方方的硬东西。那个味道——哦,太美妙了,比青草还香甜。"

"啊,那是糖。"马车夫说。

"求求你,草莓,"迪戈里恳求道,"让我骑到你背上,带我去见阿斯兰吧。"

"好吧,我不介意。"马说,"就这一次哦。你上来吧。"

"好样儿的草莓。"马车夫说,"来吧,年轻人,我扶你上去。"迪戈里很快就骑到了草莓的背上,觉得很舒服,因为他以前骑过自己那匹光背的小马驹。

"好了,快跑吧,草莓。"他说。

"我想,你身上不会碰巧带着那种白色的玩意儿吧?"

"对不起。恐怕没有。"迪戈里说。

"唉,那就没办法了。"草莓说,然后他们就出发了。

一只大块头的牛头犬一直在使劲地嗅、使劲地看,这时说道:

"看。那儿河边的树丛下,是不是还有一个这样的怪物?"

所有的动物都放眼望去,看见了安德鲁舅舅,他一动不动地站在杜鹃花丛中,希望别人不要注意到他。

"走吧!"几个声音说,"我们去看个究竟。"于是,当草莓驮着迪戈里轻快地往一个方向跑去时(波丽和马车夫步行跟在后面),大多数动物都朝安德鲁舅舅冲了

魔法师的外甥

过去，同时嘴里发出各种各样欢快的声音，咆哮，狂吠，哼哼唧唧。

现在我们必须把时间拉回去一点，从安德鲁舅舅的角度讲述一下当时的情况。他得到的印象跟马车夫和两个孩子完全不一样。因为一个人的所见所闻，很大程度上取决于他站的位置，也取决于他是个什么样的人。

那些动物刚一出现时，安德鲁舅舅就开始往灌木丛里退缩，越退越远。当然，他非常仔细地观察着它们。但是他对它们在做什么并不感兴趣，他只想看看它们会不会朝他扑过来。他像女巫一样非常实际。他根本没有注意到阿斯兰是从每种动物中挑选了一对。他只看到，或以为自己看到，似乎有许多危险的野生动物在周围活动。他一直在纳闷那些动物为什么不从大狮子身边逃走。

当那个重要的时刻来临，当动物们开口说话时，他完全没有搞清楚状况。其中的原因说来有趣。很久以前，当四下里还是一片漆黑，狮子第一次开始唱歌的时候，他就知道那声音是在唱歌。他很不喜欢那首歌。它让他想起和感受到一些他不愿意想起和感受的东西。

后来，太阳升起来了，他发现唱歌的是一头狮子（"只是一头狮子。"他对自己说），他竭力想让自己相信狮子根本不是在唱歌，而且从来没有唱过歌——它只是像我们这个世界动物园里的狮子那样咆哮。"它当然不可能真的在唱歌，"他想，"那一定是我的幻觉。我的精神已经失常了。谁听说过狮子会唱歌呢？"狮子的歌声越是悠长、动听，安德鲁舅舅就越是拼命地让自己相信，他听到的只是咆哮。麻烦的是，如果你想变得比实际更愚蠢，你多半会成功的。安德鲁舅舅也不例外。很快，他在阿斯兰的歌声里就只听到咆哮了。很快，即使他想听，也听不到其他声音了。最后，当狮子开口说"纳尼亚醒来了"，他什么也没有听清，只听见一声咆哮。当动物们做出回答时，他听到的只有吠叫、吼叫、鸣叫和嚎叫。当它们放声大笑时——嗯，你可以想象，这对安德鲁舅舅来说比之前发生的一切还要吓人。那些饥饿和愤怒的野兽发出的声音那么凶残和令人胆寒，是他这辈子从未听到过的。接着，他看见另外三个人竟然走到空地上去迎接那些动物，他感到非常恼火和恐惧。

魔法师的外甥

"这些傻瓜！"他自言自语道，"现在那些野兽会把戒指和孩子们一起吃掉，我就再也不能回家了。迪戈里真是个自私的男孩！另外两个人也一样坏。如果他们想白白地送命，那是他们自己的事。但是我呢？他们好像根本没有想到这一点。没有一个人考虑到我。"

最后，他看到一大群动物向他冲来，吓得赶紧转身逃命。现在大家可以看出来了，这个年轻世界的空气确实对这位老先生有好处。在伦敦时，他已经老得跑不动了，可现在呢，以他这个速度完全可以在英格兰任何一所预科学校的百米赛跑中获胜。他的燕尾服在身后飞舞，形成一道美丽的风景。可是当然啦，这根本不管用。他身后的许多动物身手都很敏捷。这是它们有生以来的第一次奔跑，它

们都渴望活动一下自己崭新的肌肉。"追上他！追上他！"它们喊道，"没准儿他就是那个'二魔'！加油！快跑！切断他的退路！把他包围起来！冲啊！哇！"

没过几分钟，就有几个动物跑到了他的前面。它们站成一排，挡住他的去路。其他动物从后面围住了他。他不管往哪里看，都是一幅恐怖的景象。巨型麋鹿支棱着大犄角，大象的硕大脸庞高耸在他的头顶上。身体沉重、思想严肃的熊和野猪在他的身后直哼哼。看上去很酷的黑豹和猎豹摇着尾巴，脸上带着（他以为）讽刺的表情盯着他。最让他恐惧的是那么多张开的嘴巴。动物们其实是张着嘴喘气，他却以为它们是张开嘴要吃他。

安德鲁舅舅站在那里瑟瑟发抖，身体左右摇晃。即使他在状态最好的时候也从不喜欢动物，通常都很怕它们。当然，这么多年来他在动物身上做的那些残酷实验，使他更加讨厌和惧怕它们。

"请问，先生，"斗牛犬用一本正经的口吻说，"你是动物、植物还是矿物？"这是它嘴里说出来的话，但安德鲁舅舅听到的却是"啊呜——啊呜！"

第11章　迪戈里和安德鲁舅舅都遇到了麻烦

你可能认为这些动物很愚蠢,没有一眼看出安德鲁舅舅与两个孩子和马车夫是同一种生物。但是你千万别忘了,动物对衣服是没有概念的。它们以为波丽的连衣裙、迪戈里的诺福克套装和马车夫的圆顶硬礼帽,都像它们的皮毛和羽毛一样是身体的一部分。要不是它们跟那三个人说过话,要不是草莓似乎把他们当成同一类人,动物们甚至都不知道他们三个属于同一物种。安德鲁舅舅比两个孩子高得多,比马车夫瘦得多。他穿着一身黑衣服,只有马甲是白色的(现在已经不怎么白了),而且动物们觉得他那一头蓬松的灰发(现在乱得像鸡窝)跟它们在另外三个人类身上看到的完全不一样。因此它们感到困惑也是很自然的。最糟糕的是，安德鲁舅舅似乎不会说话了。

他倒是想开口来着。当斗牛犬对他说话（在他看来，斗牛犬先是咆哮，然后是低吼）的时候，他伸出一只颤抖的手，喘着气说："好狗狗，啊，可怜的老伙计。"可是动物们不理解他的意思，就像他听不懂它们的话一样。它们没有听到任何话语，只听到一种含混不清的咝咝声。也许它们没听清倒是好事，因为在我认识的那些狗中，没有一条愿意被人称为"好狗狗"，更别说纳尼亚的一条会说话的狗了。就像你不愿意被人称为"我的小男人"一样。

安德鲁舅舅突然晕倒在地。

"瞧！"一头疣猪说，"它只是一棵树。我一直就是这么想的。"（记住，它们从来没有见识过昏迷，连摔倒都没见过。）

斗牛犬一直在安德鲁舅舅身上嗅来嗅去，这时抬起头来说道："这是一个动物。毫无疑问是一个动物。可能跟另外几个是同一类的。"

"这我可看不出来。"一头熊说,"动物不会像那样翻身打滚。我们是动物,我们就不会翻身打滚。我们直接就站起来了。像这样。"他用后腿立起身子,向后退了一步,被一根矮树枝绊到,仰面摔倒了。

"第三个笑话,第三个笑话,第三个笑话!"寒鸦异常兴奋地说。

"我仍然认为它是一种树。"疣猪说。

"如果是树,"另一头熊说,"上面可能会有一个蜂窝。"

"我敢肯定不是树。"獾说,"我觉得它刚才倒下之前

似乎想说话。"

"那只是风吹过它的树枝。"疣猪说。

"你该不是想说,"寒鸦对獾说,"你认为它是一个会说话的动物吧！它一句话也没说。"

"然而你们知道。"大象说（当然是母象,你还记得吧,她的丈夫被阿斯兰叫走了）,"然而你们知道,它有可能是某种动物。这一头的白生生的东西,难道不是一张脸吗？这些个窟窿眼儿,难道不是眼睛和嘴巴吗？当然没有鼻子。但是——嗯哼——我们不能心胸太狭窄了。我们当中拥有一个名副其实的鼻子的寥寥无几。"她带着无可厚非的骄傲,眯眼欣赏着自己的长鼻子。

"我强烈反对这种说法。"斗牛犬说。

"大象说得很对。"马来貘说。

"告诉你们吧！"驴子欢快地说,"它也许是一种不会说话但以为自己会说话的动物。"

"能不能让它站起来呢？"大象若有所思地说。她用长鼻子轻轻地卷起安德鲁舅舅软绵绵的身体,把他竖了起来——说来不幸,安德鲁舅舅是头朝下颠倒的,于

是，两枚半金镑、三枚半克朗和一枚六便士的硬币哗啦啦地从他口袋里掉了出来。可是这办法不管用。安德鲁舅舅又一次瘫倒在地。

"看到了吧！"几个声音说，"它根本不是动物，它不是活的。"

"我告诉你们，它就是动物。"斗牛犬说，"你们自己去闻一下。"

"气味不能说明问题。"大象说。

"什么，"斗牛犬说，"如果连自己的鼻子都不相信，那还能相信什么？"

"嗯，也许是脑子吧。"大象温和地回答。

"我强烈反对这种说法。"斗牛犬说。

"好吧，我们必须采取点措施。"大象说，"因为它可能就是那个'二魔'，必须把它带给阿斯兰看看。大家都是怎么想的？它到底是动物，还是类似树木的东西？"

"是树！是树！"十几个声音说道。

"很好。"大象说，"那么，如果它是一棵树，肯定希望被种在地里。我们必须挖一个坑。"

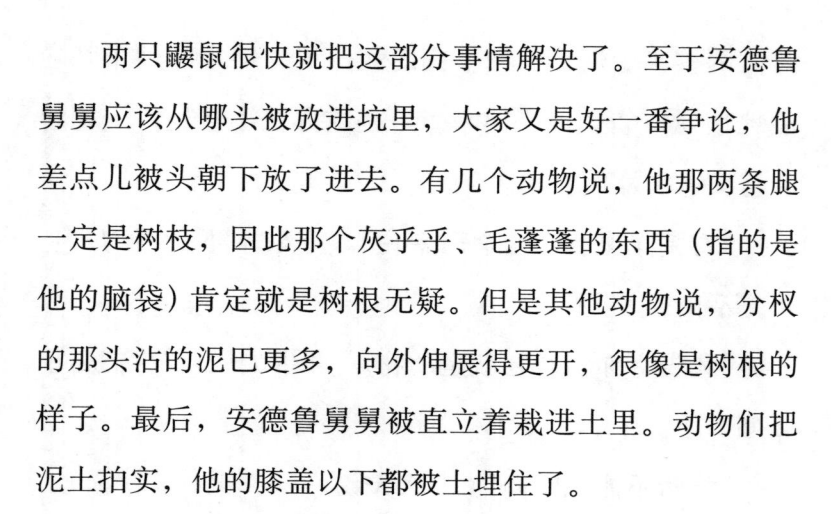

两只鼹鼠很快就把这部分事情解决了。至于安德鲁舅舅应该从哪头被放进坑里，大家又是好一番争论，他差点儿被头朝下放了进去。有几个动物说，他那两条腿一定是树枝，因此那个灰乎乎、毛蓬蓬的东西（指的是他的脑袋）肯定就是树根无疑。但是其他动物说，分杈的那头沾的泥巴更多，向外伸展得更开，很像是树根的样子。最后，安德鲁舅舅被直立着栽进土里。动物们把泥土拍实，他的膝盖以下都被土埋住了。

"它看起来枯萎得很严重。"驴子说。

"它肯定需要浇浇水了。"大象说，"我不妨说一句（无意冒犯在场的各位），对于那样的工作，也许我这样的鼻子——"

"我强烈反对这种说法。"斗牛犬说。但是大象轻轻地走到河边，用鼻子吸满水，然后走回来给安德鲁舅舅浇水。这头聪慧的动物反复这样做了几次，把好几加仑水喷在了安德鲁舅舅身上，水顺着他的礼服衣摆流下来，就好像他穿着衣服洗澡一样。最后，他被水浇醒了。他从昏迷中苏醒过来。醒来后感到多么震惊啊！但是我

们必须留下他，让他反思自己的恶行（但愿他能这样明智），去讲述更重要的事情了。

草莓驮着迪戈里一路小跑，渐渐地，其他动物的声音在身后消失了，阿斯兰和他挑选的顾问团已近在咫尺。迪戈里知道自己不能打断这么严肃的会议，其实他也没必要这么做。阿斯兰一声令下，公象、两只渡鸦和其他动物就都退到一边去了。迪戈里从马背上滑下来，发现自己与阿斯兰面对面。阿斯兰比他想象的还要魁梧，还要美丽，还要金光灿烂，还要令人畏惧。迪戈里不敢直视他的那双大眼睛。

"求求你——狮子先生——阿斯兰——先生，"迪戈里说，"你能不能——我可不可以——求求你，你能给我一些这个世界的魔法果实，让我妈妈的病好起来吗？"

他满心希望狮子会说"好的"，特别害怕他会说"不行"。但是狮子没说"好的"也没说"不行"，这让他很是吃惊。

"就是这个男孩。"阿斯兰说，他没有看迪戈里，而是看着他的顾问们，"就是这个男孩干了那件事。"

"天哪,"迪戈里想,"我干了什么?"

"亚当的儿子。"狮子说,"有一个邪恶的女巫进入了我这片崭新的纳尼亚国土。你告诉这些善良的动物,她是怎么到这儿来的。"

迪戈里的脑海里闪过十几种说辞,但是他很理智,只说了最可靠的真相。

"是我把她带来的,阿斯兰。"他低声回答。

"为什么?"

"我想把她带出我的世界,送回她自己的世界。我当时以为是把她带回她自己的世界了。"

"她怎么会出现在你的世界里的,亚当的儿子?"

"通过——通过魔法。"

狮子没有说话,迪戈里知道自己说得还不够。

"是我的舅舅,阿斯兰。"他说,"他用魔法戒指把我们送出了我们的世界,至少我不得不被送出来,因为他先送走了波丽。然后我们在一个叫查恩的地方遇到了女巫,她抓住我们不放,我们——"

"你们遇到了女巫?"阿斯兰低声说,声音里带着咆

哞的意味。

"女巫醒了过来。"迪戈里可怜兮兮地说。然后他脸色变得煞白,"我承认,是我把她唤醒了。因为我想知道如果我敲了钟会发生什么事。波丽不同意敲钟。这件事不能怪她。我——我还跟她抢起来了。我现在知道我不该那么做了。我当时可能被大钟下面的文字迷惑住了。"

"是吗?"阿斯兰问,声音仍然非常低沉。

"不。"迪戈里说,"现在我明白了,我没有被迷惑。我只是装糊涂。"

长时间的沉默。迪戈里心里一直在想:"我把一切都搞砸了。现在没有机会为妈妈求医问药了。"

狮子再次开口时,不再对迪戈里说话。

"朋友们,看到了吧,"他说,"我赐予你们这个崭新、干净的世界还不到七个小时,就有一股邪恶的力量进来了,是被这个亚当的儿子唤醒并带到这里来的。"那些动物,甚至包括草莓,都把目光转向了迪戈里,最后迪戈里真希望地面能裂个口子把他吞没。"但是不要气馁。"阿斯兰说,他仍然在对动物们说话,"那邪恶的力量会诞生灾祸，但灾祸离我们还很远，我要让最可怕的灾祸降在我自己的头上。与此同时，让我们这样安排：在未来的几百年里，这里都是快乐世界里的一个快乐之邦。既然是亚当的种族造成了伤害，亚当的种族就必须帮助把它治愈。靠近点，你们两个。"

最后一句话是对刚刚赶到的波丽和马车夫说的。波丽目瞪口呆地盯着阿斯兰，紧紧地抓着马车夫的手。马车夫看了狮子一眼，摘下了头上的圆顶硬礼帽——以前没有人见过他不戴帽子的模样。帽子摘掉后，他看起来年轻、帅气了一些，更像一个庄稼汉，而不是伦敦的马车夫。

"孩子。"阿斯兰对马车夫说，"我认识你很久了。你认识我吗？"

"嗯，不认识，先生。"马车夫说，"至少不是一般人说的认识。不过，恕我直言，我总觉得我们以前好像见过面。"

"很好。"狮子说，"你知道很多事情，只是你以为自己不知道，你将来还会更了解我的。你喜欢这片土地吗？"

"很令人满意，先生。"马车夫说。

"你愿意永远生活在这里吗？"

"哎呀，你知道，先生，我是个已婚男人。"马车夫说，"我想，如果我妻子也在这里，我们俩肯定都不想再回伦敦了。我们俩都是真正的乡下人哪。"

阿斯兰昂起他那鬃毛蓬乱的脑袋，张开嘴，发出一个悠长的音符，声音不大，但充满力量。波丽听到后，心怦怦地狂跳起来。她知道这肯定是一种召唤，任何听到这声召唤的人都愿意听从它，并且（更重要的是）能够听从它，不管中间隔着多少个世界、多少个时代。因此，她尽管心中充满讶异，但是当一个面相和善、一脸朴实的年轻女子突然从天而降，走出来站在她身边时，她并没有真的感到意外或震惊。波丽立刻就知道这是马车夫的妻子，她不是通过什么令人讨厌的魔法戒指，而是像小鸟飞回自己的窝一样简单、迅速、轻盈地从我们的世界来到了这里。年轻女子显然刚才是在洗衣服，因为她系着围裙，袖子卷到胳膊肘上，双手还沾着肥皂水。如果她来得及换上一身好衣服（戴上她那顶最好的帽子，上面有假樱桃）反倒会显得很难看，她现在的样子却是相当漂亮。

当然啦，她以为自己在做梦，所以没有立刻冲过去问丈夫他们俩到底遭遇了什么事。可是当她看着狮子的时候，就不太确定这是一个梦了，然而不知怎的，她并没有露出很害怕的样子。她款款地行了个屈膝礼，那个年代的一些乡下姑娘还知道怎么行这个礼。然后她走过来，把一只手放在马车夫的手里，站在那儿，有点害羞地打量着四周。

"我的孩子们，"阿斯兰说，眼睛盯着他们俩，"你们将成为纳尼亚的第一任国王和王后。"

马车夫吃惊地张大了嘴巴，他妻子的脸变得绯红。

"你们将统治和命名所有这些动物，在它们中间伸张正义，并且在敌人出现时保护它们不受伤害。敌人会出现的，因为这个世界有一个邪恶的女巫。"

马车夫使劲咽了两三次口水，清了清嗓子。

"请原谅，先生，"他说，"我打心眼里非常感谢你（我太太也是），但我不是干这种工作的人啊。你知道，

我从来没受过什么教育。"

"那么,"阿斯兰说,"你会使用铁锹和犁,从地里种出庄稼来吗?"

"会的,先生,我可以干一些这样的活儿,我从小就是干这个的。"

"你能仁慈、公正地统治这些动物吗?记住,它们不像你们出生的那个世界里的哑巴动物一样是奴隶,而是会说话的动物,是自由的臣民。"

"我看到了,先生。"马车夫回答,"我会努力对它们一视同仁。"

"你会让你的子子孙孙也做到这样吗?"

"这就靠我的努力了,先生。我会尽我最大的力量,是不是,耐莉?"

"你不会在自己的孩子或其他生物中厚此薄彼,是吗?你不会让一方欺负或者虐待另一方,是吗?"

"我向来不能容忍这样的事情,先生,这是实话。要是被我逮到,我会要他们好看的。"马车夫说。(在整个谈话过程中,他的声音越来越缓慢、越来越醇厚,更像是他小时候那种乡村的嗓音,而不是伦敦人那种尖厉、急躁的嗓音。)

"如果敌人来侵犯这片土地(敌人会出现的),如果战争爆发,你会第一个冲上去,最后一个撤退吗?"

"这个嘛,先生,"马车夫慢悠悠地说,"只有试过才能准确地知道。我可能是一个心肠特别软的人。我这辈子从没打过仗,最多挥挥拳头。我会尽力的——也就是说,我希望自己会尽力——尽我的一份力量。"

"如此看来,"阿斯兰说,"你能够做到一个国王应该做的一切。你的加冕仪式即将举行。你和你的子孙后代都将得到祝福,其中有些将成为纳尼亚的国王,另一些将成为南部山脉之外的阿钦兰的国王。还有你,小姑娘(说到这里他转向波丽),欢迎你。在被诅咒的查恩城的荒凉宫殿的人像厅里,那个男孩曾对你动用暴力,你原谅他了吗?"

"是的,阿斯兰,我们已经和好了。"波丽说。

"那很好。"阿斯兰说,"现在轮到那个男孩了。"

第12章 "草莓"的冒险

迪戈里把嘴巴闭得紧紧的。他越来越不安了。他希望不管发生什么事,他都不会哭鼻子或做出什么荒唐的事。

"亚当的儿子。"阿斯兰说,"你要弥补你在我美丽的纳尼亚诞生之日对她犯下的错误,你准备好了吗?"

"我不知道我能做什么。"迪戈里说,"你看,女巫逃走了,而且——"

"我问的是,你准备好了吗?"狮子说。

"是的。"迪戈里说。他一瞬间产生一种冲动,想说,"如果你答应帮助我妈妈,我就会尽力帮助你。"但他立刻意识到狮子根本不会让你跟他讨价还价。可是,当他说"是的"时,想到了自己的妈妈,想到了他曾经有过的美好愿望，现在这些愿望都破灭了，他的喉头哽住了，眼睛里涌出了泪水，他脱口说道：

"哦，求求你，求求你了——你可不可以——你能不能给我一些能治好我妈妈的药？"在这之前，他一直看着狮子的大腿和上面的巨爪，现在，绝望之下，他抬头看着狮子的脸。他看到了这一生最令他吃惊的一幕。只见那张黄褐色的脸紧挨着他的脸，而且（奇迹中的奇迹）狮子的眼睛里闪着大颗大颗的泪珠。跟迪戈里的眼泪比起来，它们那么大、那么晶莹剔透，他一时间竟觉得狮子似乎比他自己更为他妈妈感到难过。

"我的孩子，我的孩子。"阿斯兰说，"我知道，悲伤是巨大的。这片土地上只有你和我知道这一点。让我们善待彼此吧。但是我必须考虑到纳尼亚几百年的生活。你带进这个世界的那个女巫，还会再回到纳尼亚来。但现在还不一定。我希望在纳尼亚种下一棵她不敢靠近的树，这棵树会保护纳尼亚多年不受她的侵害。因此，在乌云遮挡太阳之前，这片土地会有一个漫长而灿烂的早晨。你必须给我找到能长出那棵树的种子。"

魔法师的外甥

"好的，先生。"迪戈里说。他不知道该怎么做，但此刻他坚信自己能做到。狮子深深地吸了一口气，把头又低下一些，给了迪戈里一个狮子的吻。迪戈里顿时感到自己又有了力量和勇气。

"亲爱的孩子，"阿斯兰说，"我来告诉你怎么做。你转身往西看，跟我说说你看到了什么。"

"阿斯兰，我看到巍峨的大山，"迪戈里说，"我看到这条河从悬崖上流下，形成一道瀑布。悬崖后面是高高的青山和森林。再过去是一些更高的山脉，看上去一片黑黢黢的。然后，在更远的地方，有堆积在一起的巨大雪山——就像阿尔卑斯山的图画。雪山的后面只有天空。"

"你看得很清楚。"狮子说，"在瀑布倾泻而下的地方，就是纳尼亚国土的尽头。一旦到达悬崖顶上，你就离开了纳尼亚，进入了西部荒原。你必须在那些山脉里穿行，最后找到一片绿色的山谷，山谷里有一个蓝色的湖泊，湖的周围环绕着冰山。在湖的尽头有一座陡峭的青山。青山顶上有一座花园。花园的中央有一棵树。你从那棵树上摘下一个苹果，拿回来交给我。"

"好的，先生。"迪戈里又说。他根本不知道怎样爬上悬崖，在群山峻岭中找到自己的路，但他不想这么说，生怕听上去像是在找借口。不过他说："阿斯兰，我希望你不是很着急。我这一趟来去不可能很快。"

"亚当的小儿子，你会得到帮助的。"阿斯兰说，然后他转向那匹马。这段时间，马一直静静地站在他们身边，甩着尾巴驱赶苍蝇，歪着脑袋仔细地听他们说话，似乎觉得他们的谈话有点难懂。

"亲爱的，"阿斯兰对马说，"你愿意做一匹带翅膀的马吗？"

多么希望你能看到马的那股兴奋劲儿啊，它抖动着身上的鬃毛，鼻孔张得大大的，用一只后蹄轻轻跺着地面。显然，它非常愿意成为一匹带翅膀的马。但它只是说：

"如果你愿意，阿斯兰——如果你真是这个意思——我不知道为什么偏偏是我——我不是一匹很聪明的马。"

"赐予你一对翅膀。封你为所有飞马的父亲！"阿斯

兰用震天动地的声音吼道,"你的名字叫飞羽奇。"

马惊得退后一步,就像以前拉马车的苦日子里受到惊吓那样。然后它咆哮起来,拼命伸长脖子,似乎有苍蝇在咬它的肩膀,它想抓住它们。接着,就如同那些动物从地底下钻出来一样,一对翅膀从飞羽奇的肩膀上钻了出来,不断地伸展,越长越大,比老鹰的翅膀、天鹅的翅膀、教堂窗户上天使的翅膀还要大。棕红色和紫铜色的羽毛闪闪发光。马用力展开翅膀,一下子飞到了空中。

在阿斯兰和迪戈里头顶上二十英尺的地方,马喷着鼻息,发出嘶鸣,欢腾跳跃。它绕着他们转了一圈,然后四蹄同时着地,看上去既笨拙又惊讶,但是高兴得心花怒放。

"好不好,飞羽奇?"阿斯兰问。

"非常好,阿斯兰。"飞羽奇说。

"你愿意驮着亚当的这个小儿子,到我说的那片高山峡谷去吗?"

"什么?现在?马上?"草莓——现在我们要叫它

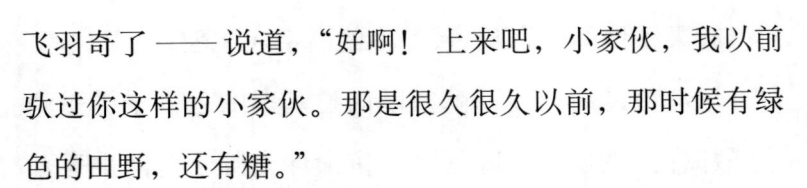

飞羽奇了——说道,"好啊！上来吧,小家伙,我以前驮过你这样的小家伙。那是很久很久以前,那时候有绿色的田野,还有糖。"

"夏娃的两个女儿在窃窃私语什么呢？"阿斯兰说着,突然转向波丽和马车夫的妻子,她们其实是在互相倾谈呢。

"如果你愿意的话,先生,"海伦王后（这是马车夫的妻子耐莉现在的名字）说,"如果不麻烦的话,我想小女孩也愿意一起去。"

"飞羽奇对此是什么意见？"狮子问。

"哦,我不介意驮两个,他们都是小家伙。"飞羽奇说,"但愿大象不会也想一起来。"

大象并没有这样的想法,于是,纳尼亚的新晋国王把两个孩子扶上了马背。具体是这样的：他猛力地把迪戈里托了上去,然后轻轻地、文雅地把波丽放在马背上,就好像她是一个瓷娃娃,一碰就会碎似的。"好了,草莓——哦,我应该叫你飞羽奇。这可真别扭。"

"别飞得太高。"阿斯兰说,"不要试图飞越那些巍峨

的冰山。注意寻找山谷和绿色的地方，从它们上面飞过。总是会有出路的。好了，带着我的祝福出发吧。"

"哦，飞羽奇！"迪戈里说着，俯下身拍了拍马光滑的脖子，"这太有趣了。波丽，抓紧我。"

一眨眼间，田野就在他们身下消失了。飞羽奇像一只特别大的鸽子，在空中盘旋了一两圈后，开始了漫长的向西飞行。波丽往下看去，国王和王后几乎看不见了，就连阿斯兰也只是绿色草地上一个黄灿灿的小点。不久，风吹拂着他们的脸，飞羽奇的翅膀持续地扇动着。

整个纳尼亚在他们的下面一览无余，草坪、岩石、石楠丛和各种各样的树木，把大地点缀得五彩缤纷，河流像一条银色的丝带在其间蜿蜒流淌。在他们的右边，已经看见了北部那些低矮山丘的山顶，山丘之外是一片开阔的沼泽地，它缓缓地倾斜向上，一直延伸到地平线。左边的山脉要雄伟得多，但在陡峭的松林之间偶尔会有一道缝隙，可以瞥见远处南方的土地，看上去蓝莹莹的，十分遥远。

"那里就是阿钦兰。"波丽说。

纳尼亚传奇

"是的,但你往前看!"迪戈里说。

此刻,他们面前耸立着一道巨大的悬崖峭壁,阳光在大瀑布上跳跃,几乎晃花了他们的眼睛。瀑布旁的那条大河轰鸣着,从它的源头西边的高地奔腾而下,波光闪烁地流入纳尼亚。他们已经飞得很高了,瀑布的轰鸣声在他们耳边只是一种细碎的小声音,但这个高度还不足以飞越悬崖顶。

"在这里必须迂回前进。"飞羽奇说,"你们坐稳了。"

它开始左右来回地飞,每一个转弯都飞得更高。空

气越来越寒冷,他们听到下面很远的地方有老鹰在叫。

"喂,回头!看后面。"波丽说。

他们看到后面是纳尼亚的整个山谷,一直延伸到东方地平线的前面,那里能隐约看见大海。现在他们飞得真高啊,可以看到西北部的沼泽地之外出现了锯齿状的小山峰,还有远处南方的那些平原,看上去像沙漠一样。

"真希望有人能告诉我们这些都是什么地方。"迪戈里说。

"我想,它们还不是什么地方。"波丽说,"我的意思

是，那里还没有人，也没有任何事情发生。这个世界是今天刚开始的。"

"没错，但是会有人去那里的。"迪戈里说，"然后那里就有了历史，你知道。"

"啊，它们现在还没有历史，真是太好了。"波丽说，"这样就没有人被逼着去学习历史了。战争、日期，所有那些烦人的知识。"

此刻他们已经飞过了悬崖顶，几分钟后，纳尼亚的谷地就被甩在后面看不见了。他们仍然沿着河流的路线，正在飞越一片蛮荒之地，那里满是陡峭的山丘和黑黢黢的森林。前面，真正的大山隐隐约约地出现了。但现在阳光直射着旅行者的眼睛，他们看不清那个方向的情形。太阳越沉越低，西边的天空如同一个巨大的熔炉，里面满是熔化的金子。最后，太阳终于落在了一座险峻的山峰后面。在耀眼的光线下，那座山峰显得突兀而陡峭，像是从硬纸板上剪下来的一样。

"这里一点也不暖和。"波丽说。

"我的翅膀也开始疼了。"飞羽奇说，"根本看不见阿

斯兰说的那个有湖泊的山谷。我们下去找个像样的地方过夜好吗？今晚是不可能飞到那个地方了。"

"好的，而且也该吃晚饭了吧？"迪戈里说。

于是，飞羽奇越飞越低。当他们靠近地面，在山间穿行时，空气变得温暖了。他们飞了这么长时间，耳边只有飞羽奇翅膀扇动的声音，此刻又听到那些亲切、朴实的响声——河水在石头河床上潺潺流过，树木在微风中沙沙摇曳，多么令人欣慰啊。扑面而来的是被太阳晒过的泥土、青草和鲜花的那股温暖而清香的气息。最后，飞羽奇降落在地上。迪戈里翻身下马，把波丽扶了下来。两人都很高兴能伸展一下僵硬的腿脚。

他们降落的这片山谷位于群山的中心，周围是高耸的雪山，其中一座雪山在夕阳的映照下呈玫瑰红色。

"我饿了。"迪戈里说。

"好，尽情地吃吧。"飞羽奇说着就吃了一大口青草。然后它抬起头来，一边咀嚼着——草尖像胡须一样从嘴巴两边伸出来，一边说道，"来吧，你们两个。别害羞。够我们几个吃的。"

"可是我们不能吃草。"迪戈里说。

"嗯，嗯。"飞羽奇嘴里塞得满满的说道，"那么——嗯——我就不知道你们怎么办了。草也很好吃啊。"

波丽和迪戈里郁闷地大眼瞪小眼。

"嗯，我想可能会有人安排我们吃饭。"迪戈里说。

"如果你跟阿斯兰提出来，我相信他会安排的。"飞羽奇说。

"我不问，他就不知道吗？"波丽说。

"我相信他是知道的。"马说（嘴里仍然塞满了青草），"但是我有一种感觉，他愿意别人问他。"

"那我们到底怎么办呢？"迪戈里问。

"这我肯定不知道啊。"飞羽奇说，"除非你们吃点草试试。说不定你们还蛮喜欢吃草的呢。"

"哦，别说傻话了。"波丽跺着脚说，"人当然不能吃草，就像你不能吃羊排一样。"

"看在上帝的分儿上，不要提起排骨之类的东西。"迪戈里说，"那只会让肚子饿得更厉害。"

迪戈里说，波丽最好靠戒指回去一趟，在家里吃点

东西。他自己不能回去，因为他答应了阿斯兰直接去执行任务的，如果他出现在家里，肯定会发生什么事情使他难以回来。但波丽说她不会离开他的，迪戈里说她很讲义气。

"对了，"波丽说，"那袋太妃糖还剩一些在我的口袋里呢。总比什么也没有强啊。"

"强太多了，"迪戈里说，"可是把手伸进口袋时要小心，千万别碰到戒指。"

这是一项很难办、很棘手的事情，但最后总算完成了。当那个小纸袋终于被拿出来的时候，已经变得软软的、黏糊糊的了，所以，他们与其说是把太妃糖从纸袋里拿出来，还不如说是把纸袋从太妃糖上撕掉。有些成年人（你知道他们对这种事有多挑剔）宁愿饿肚子也不肯吃这些糖。太妃糖一共有九颗。迪戈里想到一个好主意，每人吃四颗，把第九颗种在地里。因为——他说——"既然灯柱上的那根铁棒能变成一根小灯柱，为什么这颗糖不能长成一棵太妃糖树呢？"于是他们在草地上挖了个小洞，把那颗太妃糖埋了进去。然后他们吃掉了另外几颗糖,并尽量让它们融化得慢一点。他们忍不住把一些纸也吃了下去,尽管如此,这一餐还是少得可怜。

飞羽奇吃完它那顿丰盛的晚餐后,躺了下来。两个孩子走过去,一边一个挨着它坐下,靠在它暖乎乎的身体上,它展开翅膀盖在两个孩子身上,使他们都感到很温暖。当这个新世界里那些年轻而明亮的星星开始眨巴眼睛时,他们聊起了各种事情:迪戈里心心念念地想给妈妈弄到神药,结果却被派出来执行任务。他们你一言我一语地说着要找的那些地方的标志——蓝色的湖泊,顶上有一座花园的山丘。渐渐地,他们困了,谈话的速

度慢了下来,波丽却突然惊醒,腾地坐起来说道:"嘘!"

大家都竖起耳朵听着。

"也许只是风吹过树林。"过了一会儿迪戈里说。

"我没这么肯定。"飞羽奇说,"而且——等等!它又出现了。阿斯兰在上,果然有东西。"

马摇摇晃晃地从地上站起来,伴随着巨大的响声,两个孩子已经站好了。飞羽奇跑过来跑过去,用鼻子嗅着,嘴里发出嘶鸣。两个孩子踮着脚走到这里,走到那里,查看每一丛灌木和每一棵树的后面。他们总觉得好像看见了什么东西,有一次波丽非常肯定地说,她看见一个高高的黑影迅速地向西飘去。但是他们什么也没抓到,最后,飞羽奇又躺了下来,两个孩子重新偎依在(如果可以这么说)它的翅膀下面。很快他们就睡着了。飞羽奇又醒了很长时间,它的耳朵在黑暗中来回移动,有时候皮肤微微抽搐一下,似乎有一只苍蝇落在了身上,但最后它也睡着了。

第13章 不期而遇

"醒醒,迪戈里,醒醒,飞羽奇。"传来了波丽的声音,"太妃糖树长出来了。这是一个最美好的早晨。"

斜斜的朝阳透过树林洒下来,草上凝着露珠,变得灰蒙蒙的,蜘蛛网闪着银色的光。就在他们身边有一棵黑色的小树,跟苹果树差不多大。白生生的树叶像是纸质的,类似一种名叫金线草的草本植物,树上结满了棕色的小果实,看上去很像枣子。

"哇!"迪戈里说,"但是我要先去洗个澡。"他跑过一两片开花的灌木丛,冲到河边。你有过在山间的河流中洗澡的经历吗?在阳光的映照下,浅浅的河水在红色、蓝色和黄色的石头上流淌,简直像大海一样美好,

在某些方面甚至更美好。当然啦,他不得不穿上没有晾干的衣服,但还是非常值得。他回来后,波丽也下河去洗澡了,至少她自己是这么说的,但我们知道她不太会游泳,所以最好不要多问了。飞羽奇也来到河边,但只是站在河水中间,弯腰喝了很长时间的水,然后晃了晃鬃毛,发出几声嘶鸣。

波丽和迪戈里开始研究那棵太妃糖树。果实非常美味,并不完全像太妃糖——更软,而且汁液丰富——但很像一种能让人想起太妃糖的水果。飞羽奇也吃了一顿丰盛的早餐,它还尝了一颗太妃糖果实,很喜欢,但他说早晨的那个时候它更爱吃草。然后,两个孩子好不容易爬到它的背上,开始了第二段旅程。

今天比昨天还要好,一是因为大家都感觉精神抖擞,二是因为刚刚升起的太阳照着他们的后背。当然啦,当阳光在你身后时,一切看上去都更美丽。这真是一次精彩的旅行。四面八方都耸立着巨大的雪山。下面是幽深的山谷,放眼望去一派翠绿,从冰川上倾泻而下的溪流都是蓝莹莹的,他们就仿佛翱翔在硕大的珠宝上空。如

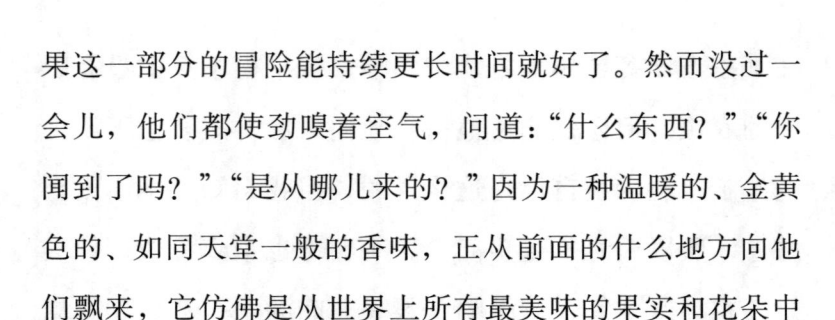

果这一部分的冒险能持续更长时间就好了。然而没过一会儿,他们都使劲嗅着空气,问道:"什么东西?""你闻到了吗?""是从哪儿来的?"因为一种温暖的、金黄色的、如同天堂一般的香味,正从前面的什么地方向他们飘来,它仿佛是从世界上所有最美味的果实和花朵中散发出来的。

"是从那个有湖的山谷里飘来的。"飞羽奇说。

"没错。"迪戈里说,"看!湖的那头有一座青山。看,湖水多蓝啊。"

"一定就是那个地方。"三个人同时说。

飞羽奇绕着大圈盘旋,高度逐渐降低。周围耸立的冰峰显得越来越高。空气每分每秒都变得更加温暖和香甜,香甜得让你忍不住热泪盈眶。飞羽奇此时展开双翅,一动不动地侧身滑翔,四蹄刨挠着寻找地面。陡峭的青山扑面而来。不一会儿,飞羽奇有点笨拙地降落在了山坡上。两个孩子滚落下来,摔在温暖而细密的草地上,但一点儿也没摔疼。他们气喘吁吁地爬了起来。

他们落在山上四分之三的高度,立刻就开始向山顶

爬去。(我想,飞羽奇如果不是有一对翅膀,并且偶尔靠扇动翅膀来保持平衡,恐怕是很难爬到山顶的。)山顶的周围是一圈高墙,上面覆盖着绿色的草皮。围墙里生长着树木,树枝伸出墙外。微风吹拂时,可以看到树叶不仅有绿色的,还有蓝色的和银色的。到达山顶后,他们绕着绿色的围墙几乎走了一圈,才发现了门。两扇金色的大门高高的,面向正东,关得严严实实。

我想,在此之前,飞羽奇和波丽一直想陪迪戈里一起进去。但现在他们不这样想了。你从没见过看上去这么私密的地方。一眼就能看出它是属于私人的。只有傻瓜才会贸然闯入,除非被派去处理一项非常特殊的事情。迪戈里自己也立刻就明白了:其他人不会也不能陪他一起进去。他独自一人朝大门走去。

他走近时,看见金色的大门上写着下面这些银色的字:

  从金门进来,或者干脆不进来;
  为别人摘取我的果实,或者忍住不摘;

纳尼亚传奇

那些偷窃或翻墙而入的人

会发现内心的欲望，发现无奈的绝望。

"为别人摘取我的果实。"迪戈里自言自语道，"好吧，这就是我要做的事。我猜它的意思是我自己不能吃。不知道最后一句话是什么意思。从金门进来。如果能走大门，谁还愿意爬墙呢。可是大门怎么打开呢？"他把手放在门上，大门立刻就朝里打开了，铰链转动时没有发出一点声音。

现在他看到了这个地方的内部，似乎显得比刚才更私密了。他表情严肃地走进去，环视着四周。里面十分安静。就连靠近花园中央的那座喷泉也只发出非常微弱的声音。周围弥漫着那种好闻的香味儿。这是一个令人赏心悦目的地方，但非常肃穆。

他立刻就知道是哪一棵树了，一是因为这棵树就在花园的正中央，二是因为挂在树上的那些银色大苹果放射的光芒正照到了阳光照不到的地方。他直接朝它走去，摘下一个苹果，放进他诺福克夹克衫的胸前口袋里。可

是在把苹果收起来之前,他忍不住仔细地看了看、闻了闻。

要是他没有这么做就好了。他突然感到一阵口渴和饥饿,非常渴望尝尝这种果实。他急忙把苹果塞进口袋,可是树上还挂着很多苹果呢。尝一个会有错吗?他想,大门上的告示也许不完全是命令,也许只是一句忠告——谁会把忠告当真呢?就算那是一条命令,难道他吃一个苹果就违反命令了吗?他已经遵守了"为别人"摘一个苹果的规定。

他一边这么想着,一边不经意地抬起头,透过树枝朝树梢上望去。在他头顶上的一根树枝上栖息着一只奇妙的鸟。我说"栖息",是因为鸟好像快睡着了,但也许并没有完全睡着。它的一只眼睛还睁着一条小小的缝。它比老鹰还要大,橘红色的胸脯,紫色的尾巴,头顶上竖着一支猩红色的羽毛。

"这足以说明,"迪戈里后来对别人讲起这个故事时说道,"在那些充满魔法的地方,你怎么小心都不为过。你永远不知道有什么东西在盯着你。"但是我认为迪戈里不管怎样也不会为自己摘一个苹果。我认为，在那个年代的男孩子们的头脑里，"不能偷东西"之类的观念比现在要根深蒂固得多。不过，这是永远也说不准的。

就在迪戈里转身朝大门走去时，他停下来最后打量了一眼四周。他猛地吃了一惊。周围还有别人。就在离他只有几米远的地方，站着那个女巫。她刚吃完一个苹果，正把苹果核扔到一边。果汁的颜色比你想象的深，在她嘴边留下了难看的污渍。迪戈里立刻猜到她一定是翻墙进来的。他开始意识到最后那句话——得到内心的渴望，同时也感到绝望——可能含有某种意义。只见女巫看上去比以前更强壮、更骄傲了，甚至可以说是一副扬扬得意的派头，然而她的脸色煞白，白得像盐一样。

这些想法在迪戈里的脑海里瞬间闪过。然后他拔腿就跑，以最快的速度冲向大门。女巫在后面追他。他刚跑出来，大门就自动关上了。他暂时领先了女巫，但好景不长。他跑到其他人跟前，大声喊着："快，快上马，波丽！快飞起来，飞羽奇。"这时女巫已经翻过墙头或跳过墙头，又紧追在他身后了。

178

"待在那儿别动，"迪戈里转过身，对着她喊道，"不然我们都会消失。你一步也不许靠近。"

"傻孩子。"女巫说，"你为什么要逃避我呢？我没有伤害你的意思。如果你不停下来听我说话，就会错过一些能让你幸福一辈子的知识。"

"我不想听，谢谢。"迪戈里说。但他还是听了。

"我知道你是来办什么事情的。"女巫继续说道，"因为昨天夜里在树林里，是我藏在你们身边，听到了你们商量的话。你摘了那边花园里的果子。它现在就在你的口袋里。你尝都没有尝一口，就要把它带回去交给狮子供他使用。你真是个傻瓜！你知道这是什么果实吗？我告诉你吧。它是青春的苹果，生命的苹果。我知道，因为我尝过了，我已经感觉到自己有了这样的变化，我知道我永远不会变老，也不会死亡。吃了它吧，孩子，吃了它吧，你和我将长生不老，成为国王和女王，统治这个世界——或者你们的世界，如果我们决定回去的话。"

"不，谢谢，"迪戈里说，"如果我认识的人都死了，我不知道我还想不想一直活下去。我宁愿普普通通地活着，然后死去，进入天堂。"

"可是你妈妈怎么办呢，你不是假装很爱她吗？"

"她跟这事儿有什么关系？"迪戈里说。

"傻瓜，你还不明白吗？她只要咬一口那个苹果，病就会好了。苹果就在你的口袋里。这里只有我们两个人，狮子离得很远。就用你的魔法回到你自己的世界去吧。一分钟后，你就能出现在你妈妈的床边，把苹果递给她。五分钟后，你会看到她的脸上恢复了血色。她就会告诉你疼痛消失了。过不了多久她就会告诉你，她的身上有了力气。然后她就会沉沉地睡去——想想吧，香香甜甜的几个小时的自然睡眠，没有痛苦，没有依赖药物。第二天，大家都会说她恢复得真好啊。她很快就会彻底痊愈。一切都会回到正轨。你们家又会变得幸福美满。你又可以像其他男孩一样了。"

"哦！"迪戈里像受了伤似的喘着气，用一只手捂着脑袋。此刻他知道，摆在他面前的是最艰难的选择。

"狮子为你做过什么，你竟然甘愿做他的奴隶？"女巫说，"一旦你回到自己的世界，他还能把你怎么样？你

本来可以消除你妈妈的痛苦，让她重获生命，让你爸爸免于心碎，可你却不愿意那么做——你宁愿待在一个跟你不相干的陌生世界里，替一只野兽跑腿，如果你妈妈知道了这些，她会怎么想呢？"

"我——我不认为他是野兽。"迪戈里用干巴巴的声音说，"他是——我也说不好——"

"那么他就是更糟糕的东西。"女巫说，"你看看他对你做的这些事情，看看他把你变得多么冷酷无情。他就是这样对待每一个听他话的人。残忍、狠心的男孩啊！难道你宁愿让自己的妈妈死去，也不愿——"

"哦，闭嘴。"迪戈里痛苦极了，还是用那种干巴巴的声音说，"你以为我不明白吗？可是我——我已经答应了的。"

"啊，可是你当时不知道答应的是什么。这里没有人能阻拦你。"

"我妈妈自己也不会愿意这样，"迪戈里费力地说出这番话，"她要求特别严，关于遵守诺言——不偷东西——之类的事情。如果她在这里，肯定也会毫不犹豫地叫我别这么做的。"

"但她永远不需要知道。"女巫说，嗓音甜得发腻，你想象不出面相这么凶恶的人会用这种声音说话，"你不会告诉她苹果是怎么得到的。你爸爸也永远不需要知道。你的世界里没有人需要知道这件事。而且，你用不着把那个小女孩带回去。"

女巫在这里犯了一个致命的错误。迪戈里当然知道波丽可以靠她的那枚戒指离开，就像他靠自己的戒指离开一样容易。但女巫显然不知道这一点。她竟然卑鄙地建议迪戈里抛下波丽，这顿时使迪戈里觉得女巫对他说的所有的话都是虚伪和空洞的。他虽然还沉浸在痛苦中，头脑却突然清醒了，他说（换了一种响亮得多的声音）：

"喂，你是怎么想到这些的？你为什么突然这么喜欢我妈妈了？这跟你有什么关系？你到底在搞什么鬼？"

"好样的，迪戈里。"波丽在他耳边小声说，"快！立刻离开。"她在刚才的争论中一直没敢说话，因为，你知道，生命垂危的不是她的妈妈。

"上去吧。"迪戈里说着,把波丽托举到飞羽奇的背上,然后自己飞快地爬上去。马展开了翅膀。

"滚吧,傻瓜们。"女巫叫道,"当你年老体弱、奄奄一息的时候,想想我吧,孩子,想想你是怎样丢掉了获得无限青春的机会! 这种机会以后不会再有了。"

他们已经飞得很高,只能听到她的声音了。女巫也没有浪费时间抬头盯着他们,他们看见她朝北边走下了山坡。

那天一大早他们就出发了，花园里的一幕并没有用去很长时间，所以飞羽奇和波丽都说天黑前返回纳尼亚没问题。返程途中，迪戈里一句话也没说，其他人也不敢跟他说话。他感到很难过，甚至一直不能确定自己做得对还是不对，可是一想起阿斯兰眼中闪烁的泪光，他心里就有了底。

飞羽奇不知疲倦地拍打着双翅，飞了整整一天。它顺着河流往东飞，越过绵绵的群山，越过树木繁茂的山丘，越过大瀑布，然后往下，一直往下，飞向纳尼亚的森林被巍峨的悬崖阴影笼罩的地方，最后，当身后的夕阳把天空染成红色的时候，飞羽奇看见河边有一个地方聚集了许多生物。没过多久，它就看见阿斯兰在它们中间。飞羽奇滑翔下去，它叉开四条腿，合拢翅膀，慢跑着降落。然后它停了下来。两个孩子翻身下马。迪戈里看到，所有的动物、矮人、森林之神、仙女和其他生灵都向左右两边退去，给他让出路来。他走到阿斯兰面前，把苹果递给他，说道：

"我把你要的苹果摘来了，先生。"

第14章 种 树

"干得好。"阿斯兰说,声音震得地面都在发抖。迪戈里知道纳尼亚的所有臣民都听到了这句话,他们的故事将在这个新的世界世代相传,流传好几百年甚至永远。但他并没有什么了不起,他现在和阿斯兰面对面站着,根本想不到那一点。这次他发现自己能直视狮子的眼睛了。他忘记了自己的烦恼,内心感到非常满足。

"干得好,亚当的儿子。"狮子又说了一遍,"你曾经为了这枚果实饥渴和哭泣。只有你的手,才能播下那棵庇护纳尼亚的大树的种子。把苹果扔到河岸上吧,那里的土壤很松软。"

迪戈里照他说的做了。大家都变得很安静,苹果掉进泥土里发出的轻轻撞击声清晰可闻。

"扔得好。"阿斯兰说,"现在我们开始为纳尼亚的弗兰克国王和海伦王后举行加冕典礼吧。"

两个孩子这才第一次注意到那对夫妇。他们穿着奇特而漂亮的衣服,华丽的长袍从肩头垂到身后,四个矮人托着国王的衣摆,四个女河神托着女王的裙裾。两人都没有戴帽子,但海伦把头发披散下来,极大地提升了她的容貌。不过让他们看起来跟以前判若两人的并不是头发和衣服。他们的脸上有了一种新的表情,特别是国王。他在伦敦当马车夫时所表现出的那种尖刻、狡黠和争强好斗似乎都一扫而光,而他天性中的勇气和善良更容易看出来了。这也许是年轻世界的空气起的作用,也许是和阿斯兰的谈话带来的影响,也许两者兼而有之。

"我敢发誓,"飞羽奇对波丽悄声说,"我的老主人的变化差不多跟我一样大呢!啊,他现在是真正的主人了。"

"没错,可是别在我耳边唠叨啦。"波丽说,"好痒啊。"

"现在,"阿斯兰说,"你们中间的一些人去解开那几棵缠在一起的树,看看能发现什么。"

迪戈里这才看到有四棵树紧紧靠在一起，它们的枝干互相交错，或用软枝条缠绕，形成了一个笼子。两头大象用它们的长鼻子，几个矮人用他们的小斧头，很快就把笼子全拆开了。里面有三样东西。第一样，是一棵仿佛用金子做的小树；第二样，是一棵仿佛用银子做的小树；第三样却是一个倒霉蛋，衣服上沾满了泥巴，弓着背坐在两棵小树中间。

"天哪！"迪戈里低声说，"安德鲁舅舅！"

要解释这一切，我们必须把时间倒回去一点儿。你还记得吧，那些动物把安德鲁舅舅种在地里，还给他浇了水。他被水淋醒后，发现自己浑身湿透，大腿以下被埋在土里（那些土很快就成了烂泥），周围全是野生动物，他这辈子做梦都没有梦到过这么多的野生动物。他开始尖叫和哀号，这也许并不奇怪。从某种意义上说，这倒是一件好事，因为大家（包括那只疣猪）终于相信他是活着的了。于是它们又把他刨了出来（他的裤子现在真是惨不忍睹）。两条腿刚从土里出来，他就想逃跑，但是大象用长鼻子在他腰上敏捷地一卷，他就逃不掉了。现在大家认为必须把他关在一个什么地方，确保安全，等待阿斯兰有空时过来看看，吩咐该怎么处置他。它们就在他周围做了一个鸟笼或鸡笼一样的东西。动物们还给他提供了它们能想到的食物。

驴子收集来一大堆蓟草扔了进去，可是安德鲁舅舅好像不喜欢它们。松鼠们噼里啪啦地朝他抛坚果，但他只是用手捂着头，左躲右闪。几只鸟飞来飞去，勤劳地把毛毛虫往他身上丢。大熊的心眼特别好。它下午发现了一个野蜂巢，这个值得称赞的家伙没有自己把蜂巢吃掉（它其实很想吃），而是把它带回来，给了安德鲁舅舅。事实证明，这是最严重的一次失败。熊把那团黏糊糊的东西往围栏顶上一扔，不幸的是正巧砸在了安德鲁舅舅的脸上（不是所有的蜜蜂都死了）。如果是大熊自己的脸被蜂巢砸到，它根本不会当回事儿，所以它不明白安德鲁舅舅为什么踉踉跄跄地后退，脚下一滑，扑通坐倒在地。也活该安德鲁舅舅倒霉，他一屁股坐在了那堆蓟草上。"不管怎么说，"疣猪说，"很多蜂蜜都进了那家伙的嘴里，肯定会对它有点好处的。"它们打心眼里喜欢上

了这个奇怪的宠物,希望阿斯兰能让它们一直养着他。聪明一些的动物现在可以肯定,从他嘴里发出的声音至少有一些是有意义的。它们给他起名叫白兰地,因为他经常发出这个声音。

然而,最后它们不得不把他留在那里过夜。阿斯兰一整天都忙着指导新晋的国王和王后,处理其他重要的事情,无暇顾及"可怜的老白兰地"。安德鲁舅舅靠着投喂给他的那些坚果、梨子、苹果和香蕉,晚餐倒是吃得不错。但是,说他度过了一个愉快的夜晚就言过其实了。

"把那家伙带出来吧。"阿斯兰说。一头大象用长鼻子把安德鲁舅舅拎起来,放在狮子的脚边。安德鲁舅舅吓得一动也不敢动。

"求求你,阿斯兰,"波丽说,"你能说点什么——让他不要害怕吗? 然后你能说点什么,让他再也不要回到这里来吗?"

"你认为他还想来?"阿斯兰说。

"可是,阿斯兰,"波丽说,"他可能会把别人派来。他看到灯柱上的铁棒长成了一根灯柱树,感到兴奋极了,他想——"

"他的想法太荒唐了,孩子。"阿斯兰说,"这几天,这个世界充满生机,是因为我唤醒它的那首歌仍在空中回荡,在地底下隆隆作响。但这种情况不会持续很久。但我无法把这话告诉这个老坏蛋,也无法安慰他,他已经使自己听不见我的声音。如果我对他说话,他听到的只会是咆哮和吼叫。哦,亚当的儿子们,你们自作聪明地保护自己,抵抗所有可能对你们有益的事物!不过,我会把他唯一还能收到的礼物送给他。"

他十分忧伤地低下硕大的脑袋,对着安德鲁舅舅惊恐的脸吹了口气。"睡吧。"他说,"睡吧,在几小时内暂时摆脱你为自己设计的所有煎熬。"安德鲁舅舅立刻闭上眼睛,翻了个身,呼吸变得平静了。

"把他抬到一边,让他躺平。"阿斯兰说,"现在,矮人们!展示你们的锻工手艺吧。让我看着你们亲手为国王和王后做两个王冠。"

一大堆矮人冲向那棵金色的树,数量多得超出你的想象。转眼之间,他们就扯下了所有的树叶,还折断了

一些树枝。现在两个孩子看清楚了,那棵树不仅看上去是金色,而且是真正柔软的纯金。不用说,它是安德鲁舅舅倒立时从口袋里掉出的那个半英镑硬币长出来的,而那棵银色的树,则是那个半克朗硬币长出来的。接着,一堆堆做燃料的干柴,还有小铁砧、铁锤、钳子和风箱,好像凭空就冒了出来。不一会儿(这些矮人多么热爱他们的工作啊!),炉火熊熊地燃烧,风箱呼呼地叫,金子在熔化,锤子丁零当啷响成一片。那天早些时候,阿斯兰派两只鼹鼠去挖地(它们最喜欢挖掘了),此刻它们把一堆宝石倒在了矮人的脚边。在这些小铁匠灵巧的手

指下，两顶王冠成形了——不是现代欧洲的王冠那种丑陋而笨重的东西，而是轻巧、精致、形状漂亮的圆形王冠，你可以真的把它们戴在头上，而且戴上会很漂亮。国王的王冠上镶着红宝石，王后的王冠上镶着绿宝石。

王冠放在河里冷却后，阿斯兰让弗兰克和海伦跪在他面前，他把王冠分别戴在他们的头上。然后他说，"起身吧，纳尼亚的国王和王后，未来纳尼亚、群岛和阿钦兰的许多国王的父亲和母亲。希望你们做到公正、仁慈、勇敢。祝福你们。"

然后，大家都大声欢呼、吠叫、嘶鸣、吼叫或拍打翅膀，国王夫妇站在那里，看上去很严肃，还有点儿害羞，却因为害羞而显得更加高贵。迪戈里还在欢呼时，听到阿斯兰在他身边用低沉的声音说：

"看！"

人群中的每个人都转过头，然后每个人都惊奇和喜悦地深吸了一口气。在离他们不远的地方，他们看见一棵高高的大树，这棵树刚才肯定还不在那里。这棵树一定是在刚才他们忙着举行加冕典礼时，悄悄地、迅速地

成长起来了,就像你把一面旗子插在旗杆上,它忽地一下飘起来了。它舒展的枝干投下的似乎不是阴影,而是光芒,每一片树叶下面都有银色的苹果像星星一样显露出来。但是,让大家深吸一口气的不是它的样子,而是它散发的那股气味。一时间,他们几乎无法思考别的事情。

"亚当的儿子,"阿斯兰说,"你播种得很好。至于你们,纳尼亚的臣民们,保护这棵树是你们的头等大事,因为它是你们的屏障。我跟你们说过的那个女巫,已经逃到这个世界遥远的北方去了,她会在那里继续生活,靠着黑魔法变得日益强大。但是,只要这棵树长得枝繁叶茂,女巫就永远不会到纳尼亚来。这棵树的一百英里以内她都不敢靠近,因为树的气味对你们意味着快乐、生命和健康,对她却意味着死亡、恐惧和绝望。"

大家都一脸严肃地盯着那棵树,阿斯兰突然转过头(鬃毛洒下无数道金光),一双大眼睛盯着两个孩子。"怎么了,孩子们?"他说,因为他看到他们窃窃私语,并用胳膊肘捅捅对方。

"哦——阿斯兰，先生，"迪戈里说着脸红了，"我忘记告诉你了。女巫已经吃掉了一个苹果，就是长出这棵树的那种苹果。"他没有把心里的想法全都说出来，但波丽立刻替他说了（迪戈里比波丽更害怕当众出丑）。

"所以我们想，阿斯兰，"她说，"一定是搞错了，女巫不可能真的害怕那些苹果的味道。"

"你为什么这样认为呢，夏娃的女儿？"狮子问。

"嗯，她吃了一个苹果呀。"

"孩子，"他回答说，"所以现在所有的苹果对她来说都是可怕的。那些在错误的时间、用错误的方法采摘和食用果实的人，都是这样的下场。果实是好的，但他们从此就厌恶它了。"

"哦，我明白了。"波丽说，"我想，因为女巫用了错误的方法，所以苹果就不会对她起作用。也就是不会让她永远年轻什么的。"

"唉！"阿斯兰说着，摇了摇头，"会的。事物总是按照其本性发展的。她赢得了内心的渴望，拥有永不疲倦的力量，以及无尽的女神般的日子。但是如果心怀恶

念，漫长的时日只会带来无穷的痛苦，而她已经开始认识到这一点。所有愿望实现的人都不会一直感到满足。"

"我——我差点儿自己也吃了一个，阿斯兰。"迪戈里说，"我会不会——"

"会的，孩子。"阿斯兰说，"因为果实总是有效的——它必须有效——但是，对于那些擅自采摘的人来说，果实不会愉快地发挥作用。如果一个纳尼亚人擅自偷了一个苹果种在这里，想要保护纳尼亚，那么它确实能保护纳尼亚。但是那样的话，就会把纳尼亚变成一个像查恩那样强大而冷酷的帝国，而不是我想要的仁慈的国度。我的孩子，女巫还引诱你去做另一件事，对吗？"

"是的，阿斯兰。她想让我带一个苹果回家给我妈妈。"

"那么你要明白，那样可以治好你妈妈的病，但你和你妈妈都不会高兴。将来有一天，当你和你妈妈回忆往事时，都会说还不如当初因病而死。"

迪戈里说不出话来，因为眼泪哽住了他的喉咙，也因为他放弃了拯救妈妈生命的所有希望。同时他也知道，

狮子知道会发生什么事,也许有些事情比失去心爱的人更可怕。就在这时,阿斯兰又说话了,声音几乎如耳语一般:

"孩子,如果偷了苹果才会发生那样的事,但现在不会出现这种情况了。我现在给你的东西会带来快乐。在你们的世界里,它不会使人长生不老,但能够治愈疾病。去吧,从树上给你妈妈摘一个苹果。"

迪戈里一时间好像没有听懂。似乎整个世界都在里外翻转、上下颠倒了。接着,他就像做梦一样,向那棵树走去。国王和王后为他欢呼,所有的动物也都为他喝彩。他摘下苹果,放进了口袋。然后他回到阿斯兰的身边。

"请问,"他说,"我们现在可以回家了吗?"他忘了说"谢谢",但他有这份心意,阿斯兰完全理解。

第15章 这个故事到此结束，其他故事就此开始

"和我在一起，你们不需要戒指。"阿斯兰说。两个孩子眨眨眼，环顾四周。他们又来到了世界之间的那片树林。安德鲁舅舅躺在草地上，还在熟睡。阿斯兰站在他们身边。

"走吧，"阿斯兰说，"你们该回去了。但还有两件事需要注意：一个警告和一个命令。孩子们，你们看。"

他们看过去，发现草丛中有一个小洞，底部长满了草，看上去温暖而干燥。

"你们上次来这里的时候，"阿斯兰说，"这个洞是一个水潭，你们跳进去以后，去了残阳映照查恩废墟的那

个世界。现在水潭没有了。那个世界终结了，就像从来没有存在过一样。且让亚当和夏娃的种族引以为戒吧。"

"好的，阿斯兰。"两个孩子齐声说。波丽接着说道："但我们不像那个世界那么糟糕，对吗，阿斯兰？"

"暂时没有，夏娃的女儿。"他说，"暂时没有。但越来越像了。说不定你们种族里会出现某个邪恶的人，他会发现一个像灭绝咒一样恶毒的秘密，然后用它去毁灭所有的生命。很快，过不了多久，在你们变成老头儿和老太太之前，你们世界里的伟大民族将会被暴君统治，他们就像佳蒂丝女王一样根本不在乎什么快乐、正义和仁慈。让你们的世界保持警惕吧。这就是警告。现在说那个命令：尽快从你舅舅那里把他的魔法戒指拿过来，埋在地里，这样就没有人能使用它们了。"

狮子说这番话的时候，两个孩子都抬头看着他的脸。突然（他们也不明白到底是怎么回事），那张脸似乎成了一片金灿灿的海洋，他们漂浮在其中，有一种甜蜜和力量在周围翻滚，进入他们的身体。他们觉得自己从来没有真正快乐、聪明、善良过，甚至从来没有活着和清

醒过。这一刻永远留在了他们的记忆中。因此，他们俩在有生之年里如果感到忧伤、害怕或者愤怒，就会想起那金灿灿的、美好的一幕，就会感觉到它依然存在，就在近旁的某一个角落，某一扇门后，然后他们就会从内心深处相信，一切都会好起来。紧接着，他们三个（安德鲁舅舅已经醒了）就翻滚着进了伦敦城里各种嘈杂的、热气腾腾的气味中。

他们回到了凯特利家大门外的人行道上，除了女巫、马和马车夫不见了，一切都和他们离开时完全一样。那根灯柱还在，但缺了一根横杆，被撞坏的双轮马车还在，那一群人也还在。大家仍然在议论纷纷，有人跪在受伤的警察身边，嘴里说着什么，比如"他醒过来了"或"老伙计，你现在感觉怎么样？"或"救护车马上就到"。

"天哪！"迪戈里想，"整个冒险过程好像根本没花时间。"

大多数人都焦急地四处寻找佳蒂丝和那匹马。没有人注意到两个孩子，因为谁也没有看见他们离开或注意到他们回来。至于安德鲁舅舅，他衣服凌乱，脸上糊满了蜂蜜,谁都认不出他来了。幸运的是,家里的大门是开着的,女仆站在门口看热闹(那姑娘今天过得真开心!),所以不等有人提出什么问题,两个孩子就毫不费力地催着安德鲁舅舅进了屋。

他赶在他们前面跑上了楼,一开始他们还担心他是去阁楼,要把剩下的魔法戒指藏起来。但他们的担心是多余的。他心里想的是他藏在衣柜里的酒瓶,他立刻闪身钻进卧室,锁上了门。当他再次出来(时间不长)的时候,身上穿着晨衣,直奔浴室。

"你能把其他戒指拿出来吗,波丽?"迪戈里说,"我想去看我妈妈。"

"好的。待会儿见。"波丽说着,嗒嗒嗒地走上阁楼的楼梯。

迪戈里花一分钟喘了喘气,然后轻轻走进了妈妈的房间。妈妈躺在那里,就像他之前那么多次看到的那样,靠在枕头上,那张瘦削而苍白的脸,让人看了就忍不住想哭。迪戈里从口袋里掏出救命的苹果。

在我们世界里看到的女巫佳蒂丝,跟在她自己世界

里看到的她是不一样的,同样,山上那座花园里的苹果此刻也变了样儿。不用说,卧室里有各种颜色的东西:床上的彩色床单、墙纸、从窗口照进来的阳光,还有妈妈那件漂亮的淡蓝色家居服。可是迪戈里从口袋里拿出苹果的那一刻,所有这些东西仿佛都失去了颜色。每一样东西,甚至包括阳光,都变得暗淡无光了。苹果通体发光,把奇异的亮光投射在天花板上。其他东西都不再值得一看,你也根本没法去看其他东西。青春苹果的那股味道,就好像房间里有一扇窗户向着天堂打开了。

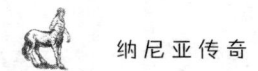

"哦，亲爱的，多么可爱啊。"迪戈里的妈妈说。

"请你把它吃掉，好吗？"迪戈里说。

"我不知道医生会怎么说。"妈妈回答，"不过说真的——我觉得好像可以吃。"

迪戈里削了皮，把苹果切开，一片一片地喂给妈妈。妈妈刚吃完，脸上就有了笑容，脑袋又靠回到枕头上，睡着了：一种真正的、自然的、恬静的睡眠，没有依靠任何讨厌的药物。迪戈里知道，这是妈妈在世界上最需要的东西。他现在相信妈妈的脸看上去已经有了一点变化。他弯下腰，很轻很轻地吻了吻妈妈，然后偷偷离开了房间，心儿怦怦狂跳。他把苹果核也带走了。在那天剩下来的时间里，每当他打量周围的事物，看到它们是那么平凡，没有任何魔法时，他就几乎不敢抱什么希望。可是当他想起阿斯兰的脸庞时，希望又重新燃起。

那天晚上，他把苹果核埋在了后花园里。

第二天早晨，医生照例来访，迪戈里靠在栏杆上听着。他听见医生和蕾蒂姨妈一起走出来，说道：

"凯特利小姐，我行医这么多年，从来没遇到过这

么不寻常的病例。这——就像是一个奇迹。目前我还不会对那个小男孩说什么，我们不想让他产生虚假的希望。但是在我看来——"然后他的声音就低得听不见了。

那天下午，迪戈里来到花园，用口哨吹出他跟波丽约定好的暗号（她前一天没能再过来）。

"运气如何？"波丽隔着墙头说，"我是说，你妈妈怎么样？"

"我想——我想会好起来的。"迪戈里说，"但如果你不介意的话，我暂时不想谈这件事。那些戒指呢？"

"我把它们都拿到了。"波丽说，"看，没问题，我戴着手套呢。我们把它们埋起来吧。"

"好的。我在昨天埋苹果核的地方做了记号。"

于是波丽翻过墙头，两人一起来到那个地方。没想到，迪戈里根本不需要在那地方做记号。奇迹已经出现了。它并没有像纳尼亚的那些新树一样以肉眼可见的速度在生长，但也已经高出地面很多了。他们找来一把铲子，把所有的魔法戒指，包括他们自己的那几枚，都埋在了树的周围。

大约一个星期后，可以确定迪戈里的妈妈好起来了。又过了大约两个星期，她能坐在外面的花园里了。一个月后，整个家里彻底变了样子。蕾蒂姨妈依着妈妈的喜好安排一切。窗户开着，死气沉沉的窗帘拉开了，房间里顿时亮堂起来，到处都是新采摘的鲜花，吃的东西也更加美味了。那架旧钢琴调好了音，妈妈又开始唱歌，她和迪戈里、波丽一起玩得可开心了，蕾蒂姨妈忍不住说道："梅布尔，你是三个孩子中的大宝宝。"

当情况不好时，你会发现通常会持续恶化一段时间，可是事情一旦开始好转，就会变得越来越好。过了大约六个星期这种美好的生活之后，远在印度的爸爸寄来了一封长信，信中有一个好消息。老叔公柯克去世，这就意味着爸爸现在非常富有。他打算退休回家，永远离开印度。迪戈里从小就听说却一次也没见过的那栋乡下大房子，现在成了他们的家。大房子里有成套的铠甲、马厩、养狗场、小河、园林、花房、葡萄园、树林和后面的群山。所以，迪戈里和你一样相信，他们从此都会过上幸福的生活。但是你也许还有一两件事想知道。

波丽和迪戈里一直是特别好的朋友，几乎每个假期，波丽都来乡下，和他们一起住在那栋漂亮的大房子里。她在那里学会了骑马、游泳、挤奶、烤面包和爬山。

在纳尼亚，动物们过着十分安宁和快乐的生活，几百年里都没有女巫或其他敌人来侵犯这片美好的土地。弗兰克国王、海伦王后和他们的孩子们在纳尼亚幸福地生活，二儿子成了阿钦兰的国王。男孩子们娶仙女为妻，女孩子们嫁给了森林之神和河神。女巫（在不知情中）种下的那根灯柱，在纳尼亚的森林里日夜发着光，因此它生长的那个地方被称作灯柱荒林。许多年后，在一个下雪的夜晚，我们世界里的另一个孩子进入了纳尼亚，发现那盏灯仍然亮着。她的那次冒险多多少少跟我刚才告诉你们的这些故事有关。

事情是这样的。迪戈里种在后花园的苹果核长出的那棵树活了下来，长成了一棵茂盛的大树。它生长在我们世界的土壤里，远离阿斯兰的声音，远离纳尼亚的年轻的空气，没有结出能让一个垂死的女人——比如迪戈里的妈妈——复活的苹果，不过它结出的苹果确实比英国的其他苹果都漂亮，而且对你特别有好处，尽管没有那么多的魔法。但是在这棵树的体内，在它的汁液里，它（可以说）始终没有忘记它所属的纳尼亚的另一棵树。偶尔，在没有风的时候，它会神秘地移动。我认为发生这种情况的时候，纳尼亚正在刮大风，英国的这棵树之所以颤动，是因为在那一刻，纳尼亚的那棵树正在强劲的西南风中剧烈摇晃。然而后来证明这棵树的木材里仍然有魔法。迪戈里人到中年（他那时已是一位著名的学者、教授和大旅行家了），凯特利家的老房子传到他手里时，英格兰南部发生了一场大风暴，把那棵树刮倒了。迪戈里不忍心随随便便地把它砍下来当柴烧，就叫人把一部分木料打成了一个衣柜，放在他乡下的大房子里。他本人没有发现那个衣柜的魔法属性，但另一个人发现了。这就是纳尼亚和我们世界之间一切往来的开始，你可以在另外几本书里读到。

当迪戈里和他的家人搬到乡下大房子里生活时，把安德鲁舅舅也带了过去。因为迪戈里的爸爸说："我们必须看住这个老家伙，不让他捣乱，让可怜的蕾蒂一直照

顾他是不公平的。"安德鲁舅舅生前再也没有尝试过魔法。他已经吸取了教训,跟以前相比,他在晚年变成了一个和善的、不那么自私的老人。但他总是喜欢把客人单独带到台球室,给他们讲一个神秘女人的故事,那是一位异国王族的女子,他曾经和她一起坐马车在伦敦兜风。"她脾气坏透了。"他说,"但她是个漂亮女人,先生,一个漂亮女人。"

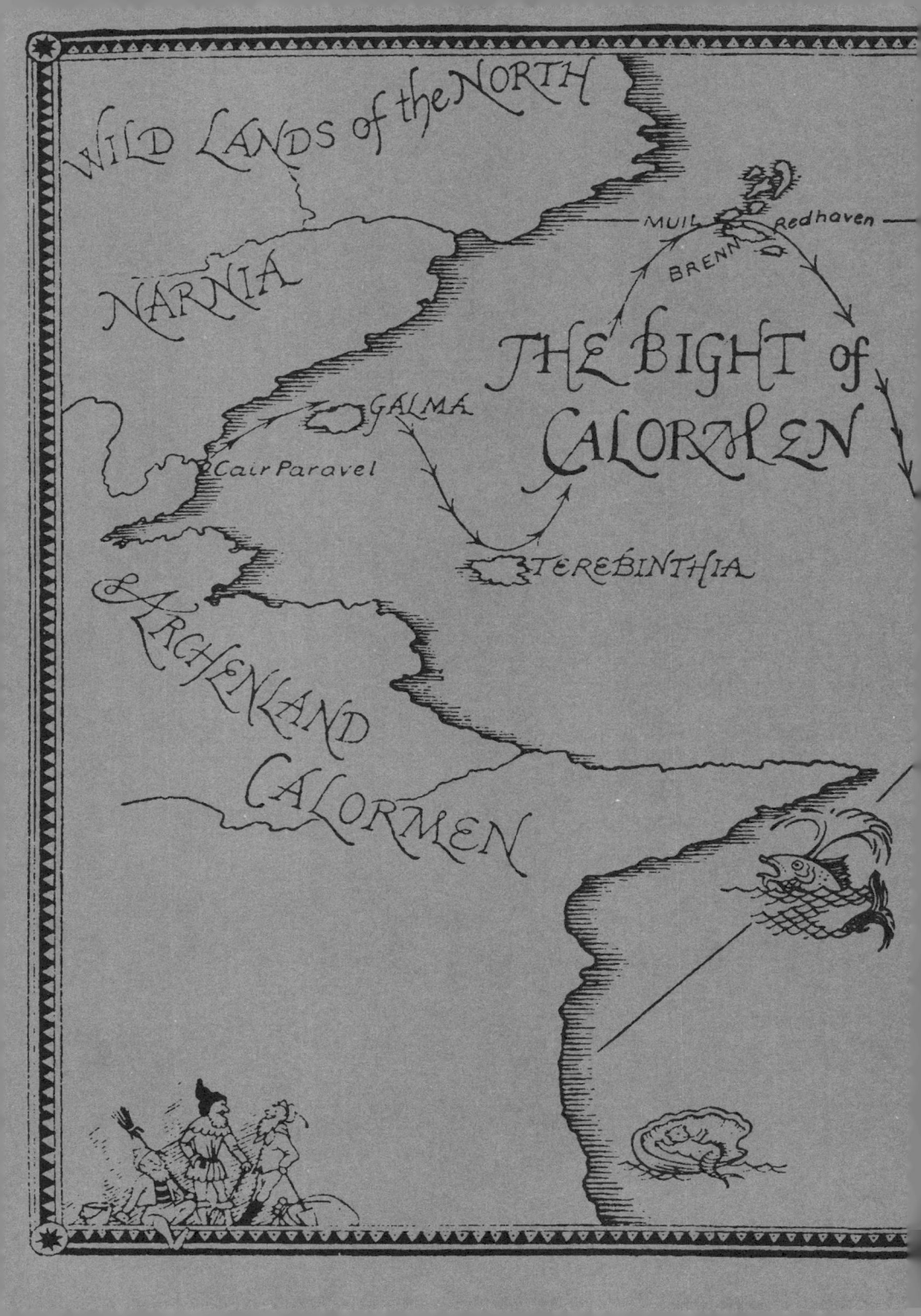

WILD LANDS of the NORTH

NARNIA

MUIL
BRENN — Redhaven

GALMA

Cair Paravel

THE BIGHT of CALORMEN

TEREBINTHIA

ARCHENLAND
CALORMEN